KB024530

미래시시인회 사화집

제 **40**집

나무가 새 나무 되기 위해

한누리미디어

한국문협 대표자회의, 부여 신동엽 시인 생가에서
한국문협 이광복 이사장과 임보선 본회 회장 (2019. 10. 1)

부여 고란사 문협대표자회의 참석차 이광복 한국문협 이사장님과 정성수 부회장, 임보선 본회 회장 (2019. 10. 1)

여성문학회, 강화도 조경희문학관 기행 (2019. 5.)
1969년 제1회 『월간문학』 신인문학상으로 등단하신 미래시동인 김양식 선생님(인도박물관장)과 함께

정성수 부이사장님의 사모님과 며느리의 '고부도예전'에서 미래시동인
이은재, 임보선, 정성수, 김현숙, 김정원, 김규은 회원 등 (2019. 6. 인사동 운항갤러리)

제8회 한국작가 수헌문학상 수상자 정형택 선생님 (2019. 10. 21)

제8회 한국작가 수헌문학상 시상식을 마치고 (2019. 10. 21)

제58회 경상남도 문화상 문학부문 수상자 김미윤 선생님과 함께 (2019. 10. 22)

김미윤 선생님과 가족 친지들 (2019. 10. 22)

제33회 세계시문학상을 수상하는 김정원 선생님. 시상자는 오진환 세계시문학회 회장 (2019. 11. 27)

제33회 세계시문학상 시상식에서.
왼쪽부터 임보선 본회 회장, 김정원 수상자, 손해일 국제펜한국본부 이사장, 김규은 시인 (2019. 11. 27)

세계시문학 37집에서

제22회 이화문학상 수상자 김현숙 선생님의 수상소감 (2019. 11. 21)

제 33회
1동창문인회 작품집 출판기념회 및 제 22회 이화문학상 시상식
일시: 2019년 11월 21일(목) 오후 3시   장소: 이대동창회관 대회의실 8층

좌로부터 안혜초 시인, 김소엽 시인, 이광복 한국문협 이사장, 수상자 김현숙 시인,
심상옥 한국여성문학인회 이사장, 김선진 시인, 임보선 시인(미래시시인회 회장)

(사)한국여성문학인회 2019년 연간문집 출판기념회 및 송년회에서
좌로부터 김규은 시인, 김정원 시인, 김현숙 시인, 임보선 본회 회장 (2019. 12. 3. 김세중미술관)

제40번째
미래시 사화집을 내면서

임 보 선
(미래시시인회 회장)

곧 한 해가 저문다. 그리고 또 다시 한 해가 시작된다.

지난 한 해를 제대로 걸어왔는지….

또 한 해는 어디까지 걸어갈 수 있을지 모르지만….

그러나 포기하지 않고 희망을 안고 쉬면서라도 걸어가야
한다. 멈춰 보니 비로소 보인다고 했는데 이 시점에서 한 번
쯤 멈춰 서서 뒤돌아보며 생각을 해 봤다.

시인이 꿈이었다. 오로지 『월간문학』 등단만이 목표였다.

7전8기 꿈을 이뤘다.

등단한 지도 어언 30여 년 되면서 제19대 미래시시인회 회
장이 되었다. 그 감회가 깊고 남다르다.

신인상 당선으로 등단하던 때의 그 설레이던 가슴을 떠올
리며 초심으로 돌아갔다.

제40집 사화집을 잘 엮어야 하는데…

열심히 잘 해야 하는데…

다짐을 하고 또 했다.

아시다시피 우리 미래시시인회는 한국문인협회에서 발행하는 『월간문학』지에 1969년부터 신인상으로 등단한 시인들에게 회원 자격이 주어진다. 그 후 12년 후인 1981년 미래시 창간호에 이어 이번이 그 40번째 사화집이다. 내가 등단하기 10년 전부터 미래시 낭송회는 제주도를 비롯해 전국을 누비며 휩쓸었다. 그 열정과 단합된 미래시 회원들의 화목한 분위기는 문단 안팎에서 모두들 부러워했고, 또 부러움의 대상이었다.

그 때 그 젊고 혈기 왕성하고 활발한 그 시절의 회원들은 어느덧 팔순을 훌쩍 넘기신 분이 몇분 계시고 또 팔순이 내일모레인 분도 계신다. 이제 원로로서 뒤로 물러 앉으셨다. 더구나 건강상 문제로 의욕도, 활동도, 삶의 반경도 거리가 멀었다. 어느새 내 열정도 버겁고 힘든 일이 되었다. 그러나 진심으로 응원하며 참여해 주신 회원님들께 감사한다.

40년 전 훌륭하신 선배님들이 심어놓은 묘목이 아름드리 나무가 되었다. 뿌리는 튼튼하고 그늘도 짙다. 짙푸르고 무성한 그 푸른 잎들이 떨어지는 걸 보니 참 쓸쓸하고 허무하다. 그 나무가 곱게 물든 단풍이 아름답기보다 무상함을 느꼈다.

그 때 그 멋있던 회원이 요양원에서 인지능력이 전혀 없다는 소식을 그 따님을 통해 전해 들었다. 슬프고 안타까웠다. 이 튼튼한 미래시의 나무를 잘 가꾸어 가야 된다는 사명감과 책임감이 엄청 부담으로 다가왔다.

성장과 변화를 말하지만 선배님들은 점점 연로해서 참여가 적다. 뒤따라오는 후배도 점점 줄어드는 노령화시대가 우리 미래시만의 문제점일까? 다 같이 깊은 고민들을 해 봐야 한다. 한편으론 부족한 내 능력의 한계인가?

그래서 나는 이 지면을 통해 보다 아름다운 글로 인사하는 것도 좋지만 좀 더 현실적이고 솔직한 심정으로 호소 아닌 호소를 하고 싶다.

그동안 글로써 작품으로만 만났던 회원들이 많았다. 생각과 마음도 조금은 엿보았다. 또 한편 그 삶의 자세를 만났다고나 할까? 여태 몰랐던 회원들에 대해 새로운 면과 경험도 했다. 그럴 때마다 여지없이 무너지는 내 마음에 내가 불안했다.

실로 40번째 사화집은 어렵고 만만치가 않았다. 그러나 계획보다 두어 달 늦어졌지만 오늘 무사히 엮어내게 되어 다행이고 감사하다. 처음부터 끝까지 도와주시고 격려해 주시고 힘을 주신 회원님들께 정말 감사하고 고맙다는 인사를 드린다. 누구보다도 더 열심히 도와주신 직전회장 김현숙 선생님의 도움에 너무도 감사하다.

도움은 상호적이어야 한다. 감사해야 할 일에 눈을 감거나 외면하면서 무반응해서는 함께 할 수 없다. 감사한 마음은 표현하여야 그 관계가 더 단단해진다. 우리는 누구나 주위로부터 많은 도움을 받으면서 다 같이 더불어 살아간다. 그래서 그 감사함의 마음은 서로가 가져야 한다. 고명하신 어느 의사 선생님의 말씀에 의하면 감사한 마음은 건강과도 직결된다고 했다.

훌륭하신 대선배님들 역시 존경받을 대상임에 변함없으시다는 걸 새삼 느꼈다. 1대 회장님으로 뿌리 깊게 자리매김해

주신 채수영 선생님과 또 건강이 많이 회복중이신 허형만 선생님 역시 같으셨다. 첫 통화에서 흔쾌히 원고를 보내주시고 격려와 위로는 참 든든하고 큰 힘이 되었다.

그 외 고문이신 여러 선배 선생님들께 진심으로 감사함을 전하고 싶다. 고문님들의 원고는 더더욱 미래시의 미래를 밝게 해 주실 것이다.

40년 전 초창기보다 회원 수는 많아졌고, 또 각자 활동의 영역도 넓어졌다. 40년간의 미래시 역사와 전통을 이어왔지만 그 분위기는 지금 당연히 많이 변했다. 저마다 바쁜 현대인들이고 전국 각지에 흩어져 계시는 회원들이라 한 번 만나기도 쉽지 않다. 그러나 기쁜 소식을 접할 때 무엇보다 반갑고 행복하고 자랑스럽다.

지난 10월 정형택 선생님의 『한국작가』 수헌문학상 수상소식과 김미윤 선생님의 경상남도 문화상 문학부문 수상소식이 그랬다. 이 원고 마감 전날 김현숙 선생님의 이화여대문인회 이대문학상 수상 소식을 들었다. 그런데 아, 이게 웬 낭보인가! 원고 마감하는 날 오전에 김정원 선생님께서 제33회 세계시문학회 영문시 대상을 수상하신다는 기쁜 소식을 보내왔다. 어디 그뿐인가? 원고를 마감하고 인쇄조치하려는 찰나 허형만 선생님께서 윤동주문학상을 수상하신다는 기쁜 소식을 전해 들었다. 아쉬운 점은 허형만 선생님의 수상식 사진을 싣지 못하는 점을 이해 바란다.

이와같은 수상은 선생님 개인의 영광이기도 하지만 우리 미래시의 영광이요 자랑이다. 훌륭한 문학상을 수상한 선배님들이 많았지만 이렇게 미래시에서 한 해 다섯 명의 수상자를 배출한 것은 처음이다.

　미래시 노장의 저력과 부단한 노력과 열정은 미래시의 희망이요, 귀감이다. 올해 다섯 분의 수상자 선생님으로 미래시 시인회는 확실하게 활력을 되찾았다.

　원고 접수부터 원고 마감까지 힘은 들었지만 큰 보람을 느낀다. 참으로 기쁘고 얼마나 자랑스러운지 모른다. 금년의 문학상 수상자 다섯 분 선생님께 다시 한 번 축하의 마음을 드린다. 또한 1984년 미래시 2대 회장을 역임하신 정성수 선생님께서 금년 제27대 한국문인협회 부이사장님으로 당선되셨다. 이 또한 미래시의 큰 영광이 아닐 수 없다.

　셰익스피어의 말이 떠오른다.

　'문학은 가난을 구제하진 못하지만 삶의 위로가 된다'고 했다. 이 한 편의 시가, 이 한 권의 사화집이 어디에선가 누군가에게 이 어려운 경제적 불황기에 조금이나마 삶의 위로가 됐으면 하는 바람이다.

　이 글을 맺으면서 그 때 미래시 회원들!

　그리운 사람들의 얼굴이 더 그립다.

　세월과 함께 점점 더 참여도가 줄어드는 회원수가 많아졌지만, 남은 회원들간에 보다 더 깊은 관심으로 더 가깝게 화목하고, 단결하고, 더 사랑하자. 미래로 더욱 발전하는 우리의 미래시시인회가 되길 간절하게 바라는 마음이며 모든 분들께 깊이 감사드린다.

　　　　　2019년 11월

　　　　　천년의 숲을 적시는 가을비 오는 날에

동인지의 백미白眉

이 광 복

(소설가 · 한국문인협회 이사장)

    우리 사회에는 이런저런 동아리가 참 많습니다. 아주 좋은 현상입니다. 서로 뜻 맞는 사람들끼리 모여 공동의 관심사를 논의하고 상호 발전을 모색하는 가운데 화합과 친교를 나눈다는 것은 크게 환영받아 마땅한 일입니다.

    특히 문학의 경우에는 더 말할 나위가 없습니다. 문인 사회에는 동인同人이라는 이름의 동아리가 있습니다. 동인의 사전적 의미는 '1. 같은 사람. 2. 바로 그 사람. 3. 어떤 일에 뜻을 같이하여 모인 사람' 입니다. 그렇습니다. 문학 동인이란 문학에 뜻을 같이 한 사람들의 동아리를 말합니다.

    우리나라 신문학 초창기에는 저 유명한 동인들이 있었습니다. 가령 '창조創造' '백조白潮' '폐허廢墟'는 그 대표적 사례라 하겠습니다. 이 동인들은 우리 문학사에 길이 빛날 불멸의 초석을 놓았습니다. 그 후 헤아릴 수 없이 많은 동인들이 활동하면서 우리 문학의 발전에 크게 기여했습니다.

저는 사단법인 한국문인협회 이사장으로서 '미래시' 동인을 주목하지 않을 수 없습니다. '미래시' 동인은 한국문인협회의 대표 기관지 『월간문학』을 통해 등단한 시인·시조시인들이 1981년에 결성한 한국의 대표적 문학 공동체입니다. 『월간문학』은 1968년 11월에 창간한 종합문예지로서 그동안 신인작품상 공모를 통해 참신하고 역량 있는 신인들을 배출해 왔습니다. 바로 『월간문학』 출신들이 '미래시' 동인회를 창립하여 오늘날까지 왕성하게 활동하는 가운데 우리 문단에 거대한 활력을 불어넣었습니다. '미래시' 동인들의 역할은 현재진행형으로, 우리 문단이 존속하는 한 영원히 이어질 것입니다.

이제 '미래시' 동인회가 사화집 제40호를 발간하게 되었습니다. 축하합니다. 특히 '미래시' 사화집은 그 연륜이 말해 주듯 동인지의 백미입니다. 저는 『월간문학』의 현직 발행인이자 편집인으로서 '미래시' 동인회의 눈부신 발전에 아낌없는 응원의 박수를 보냅니다.

그동안 '미래시'를 이끌어 오신 회장단과 관계자 여러분, 그리고 동인 여러분의 노고에 따뜻한 위로와 격려의 말씀을 드립니다. 아무쪼록 '미래시' 동인회가 더욱 발전하여 우리나라 문단의 중심으로 우뚝 서기를 기원합니다.

감사합니다.

2019년 11월

차례

권경식

김규은

김미윤

김정원

Contents

차례

Contents

차례

Contents

권 경 식

- 2005년 『월간문학』 등단
- 2005년 월간 『문학세계』 신인문학상
- 시집《도시의 가면》(2007)
- T.S. 엘리엇 탄신 기념 문학상

누명 쓴 순수
순수
무궁화
밤 그늘
불평등

누명 쓴 순수

끝이 없어 보이는 세상
외진 네트워크 방
격리된 쪽방 감옥 혹독한 처벌보다도 더 무섭다
말문이 닫혀 버린 세상
희망 없는 판도라 상자
매일 꺼져 가는 현실은 죽음보다 더 혹독하다

정신적 폐의 소진
도박과 음주로 내몰리는 자본주의의 돈
에로스로 꽃 피울 영원한 아프로디테

교외의 첨탑 종소리는 끓어 오른 욕정을 누르고
권위로만 상징적 상상할 뿐
아무 말이 없다

순수

진달래 지면
철쭉이 연이어 필
같이 살아야 할 봄이런만

연약한 최후의 어린 싹
외려 두터운 갑옷보다 강하다

가슴앓이 진보라 꽃망울
갈 봄 올 날 속에
맺은 인연 깊은 가슴 품은 회한

떨어지는 외진 눈물
지는 놀 언덕 위
바람에 실어 옛 슬픈 울음 탓하며

성긴 한 움큼으로 홀로
언젠가 필 꽃 맺음 자유위해
오랜 몸부림 새벽처럼
밝음 품고

미완성의 완성이 될 그 날
떨어진 꽃, 한 잎 입에 대어본다

무궁화

이국적 장미의 욕망
밑도 끝도 없는 억압적 지배에
차디찬 의지의 날개로
끝없는 고독 위로
피어난 꽃

옥토에 떨구던
한 점의 그 설움
눈물에 의지

고여 있는 눈망울 속 아픔이
더 깊은 곳에서 터져 나오는 희망

양지바른 담장 위
가시 없는 덩굴 꽃
그 화려한 꽃잎
인제 떨어지려나

밤 그늘

제 살, 제 영혼 파먹으며
고여 있는 물이끼 속에서
자극 없는 병

깊은 밤
고요한 진공 깨치고 열은
영원한 법

어둠과 냉대도
피워내야 할 의지 속 운명
열어야 할 생명

불평등

사랑 없는 어항 속에서 금붕어는
연신 뿜어대는 담배 연기 같은
뿌연 물거품을 풀어 젖히듯 출렁이며
기적적으로 숨 가쁘게 목숨을 고른다

주변 초점은 흐트러지고
지킴이로 지탱하던 검은 눈동자의 수정체는
말문이 닫쳐 버린 자폐다

탈출을 위한 몸살로
검은 평화의 오물거리는 물고기 입
죽은 플랑크톤에 핀 검은 중금속 독버섯이 된다

가학적 행동의 위선과 가식에
엑소시즘의 미신으로 숨죽이며

깊은 사연 시간적 물거품은
생명으로 이어준 슬픔을 토해내며
아름다운 불복종의 인간적 사랑 담아
둥지 트며 새가 되어 본다

수직을 향해 팔 벋은 새순처럼
이제 미덕의 아름다움으로 간직한
그리운 정만 담고
추운 바람을 타고
포근한 엄마의 품으로 가며

지금 어항 속에는 물고가 없다

김규은

- 1991년 『월간문학』 신인상으로 등단
- 시집《냉과리의 노래》등
- 한국여성문학인회 이사
- KBS 아나운서 역임

다 된다

의수 같은 자음子音도
허수아비 외마디의 모음母音도
안고 업고 보듬고 손잡아 이면
의미가 된다
말이 된다

샘물, 꽃, 아기, 하늘, 어머니, 우리나라, 희망……

아름다운 말 눈물 나는 말
따뜻한 의미가 된다
안고 업고 손잡고 이면
다 된다
다 된다.

자오

문경새재 자주 다녔다
침엽 활엽 물소리 하늘도 푸른데
웬일인지 까마귀소리 자주 들렸다
모른 척 못 들은 척
콧노래를 부르며 까마귀소리 지우려 했다
이제야 알았네
까마귀가 자오慈鳥란 것을
에미가 새끼를 먹이느라 힘이 다하면
두어 달 자란 새끼 까마귀
서툰 날갯짓으로 먹이를 물어다 어미를 먹인다는
까마귀 자오
새까만 얼굴 걸걸한 목청 탓하지 말자
이 땅의 높은 성루 방을 붙여야 할 이름이네.

그릇 안의 시간

햇살 쪽 곁불 쬐듯
어깨 기운 나이테
무늬목 찻상을 닦는다
살아온 결을 만져 본다

그릇 안의 시간
그대 쪽으로 기운다 해도
제 둘레 비집는 순간이 상처이기로
탈피한 흔적 없이 둥그스름한 나이테
그릇 안의 일상을 한 몸인 듯 쓰다듬다가

문득 끝을 박차고 항해한 이
신세계를 만났듯
옹이 많고 기묘한 나이테
원형에서 돌출한 각고의 무늬들
경하의 탄성 골동품이 되는 일인저.

나비물

나비물을 뿌리다가
꽃 속의 나비에게 물세례를 주었다
움츠린 몸을 털며 날아가는 나비

나비물이 햇살에 얼비치어 무지개가 선다
미안한 마음도 무지개가 되는지
나비가 나올나올 무지개를 타고 간다.

동물원에서

엄마 코끼리는 느림보야
내가 이만큼 왔는데
아직도 저 뒤에 있잖아요
바나나도 주었는데
그건 코끼리 집이 거기니까 그렇지
엄마 우리 집은 안 보이는 아파튼데
여기까지 왔잖아요
작은 발을 강종거리며 에미 손을 흔든다
지금 손녀에게 동물원을 설명해야 하는지
우리 속의 코끼리를 돌아보며 잠시 말문이 막힐 때
돌고래 한 마리 솟구치듯 눈앞을 스친다
바다로 돌아간 『제돌이』의 활기찬 유영
잘 있니? 제돌아…

*제돌이 : 2013년 바다로 돌려보낸 돌고래

김미윤

- 경남 마산 출생
- 경남대 대학원 행정학과 박사 수료
- 1986년 『시문학』 추천, 『월간문학』 시 당선
- 2018년 『한국작가』 문학평론 당선
- 마산문협 회장, 마산예총 회장, 경남문학관장 역임
- 『월간문학』 신인상, 마산시 문화상, 경상남도 문화상,
  불교문화상, 탄리문학상 수상
- 시집 《녹누나무에 녹두꽃 피는 뜻》《흑백에서》 외
- 현재) 경남시인협회장, 생활문화예술협회장,
  한국문협 이사, 한국작가협회 부회장

유등 비친 남가람에서

인연에 대하여

해 거름에

임도林道에서

인도기행

유등 비친 남가람에서

돌아오면 떠나가고 싶은 날

떠나가면 돌아오고 싶은 날

비움과 버림의 경지 하나로

삿된 견해 여의듯 망상 깨쳐

누가 누구를 씻김할 줄 몰라

법성法性은 가늠하기 지난至難한데

속죄하는 마음 꺾임 없도록

바람 속 다짐 청정하게 쌓고

미혹하여 매양 어지러울 때

뭇 영가 쉰 울음소리 토하면

남가람 한 맺힌 물굽이 따라

꽃비녀 하얀 속살도 젖나니

인연에 대하여

살아온 날들 담으면 번뇌

살아갈 날들 비우면 성불

그리워하면 그리운 만큼

아쉬워하면 아쉬운 만큼

귀한 만남을 간직키 위해

정한 언약을 지키기 위해

모난 마음을 되짚어보듯

금간 세월을 되감아보듯

지우지 못해 또 살아나고

감추지 못해 또 돋아나고

그대가 있어 따사합니다

그대가 있어 화사합니다

해 거름에

창동 어귀 쇼윈도에 비친

그믐날쯤의 우리네 얼굴은

뿌리 뽑혀 곤두서는 돌풍에

문질러도 녹슬고 삭아서

구정물 흐르는 하수구 위

비로소 수리의 눈을 뜨나니

질척질척한 울음 삼키며

봉두난발도 안쓰러워라

저문 세월의 심장을 찢고

오로지 영혼은 푸르게 살아

천리 가시밭길 맨발로

누가 헛된 신열을 재워주리

임도林道에서

청량산*이 세월의 갈피마다
은밀히 숨겨둔 바람 몇 자락
아침 안개에 싸여 기지개를 켠다

초록잎 파람치 홑이불만 덮은 채
밤새 후박나무 속살을 훔치던
이슬방울들 망연히 떨어지고

무소유 깨우침 따라 연줄 꿰듯이
유유히 쏟아지는 햇살 주우러
그리움 천지 임도林道 옆 다가서면

발걸음마다 낙낙하게 와닿는
선잠 깬 산새의 울음소리 조각도
옅은 눈썹 위로 풀향기 되어 얹힌다.

*청량산 : 경남 창원시 마산합포구 덕동만 뒤편에 솟아있는 해발
323M 산으로 월영동 임도와 어우러져 남해안을 조망할 수 있는
아름다운 곳이다.

인도기행

떠나갔다 돌아오고
돌아왔다 떠나가고

오늘 이승과의 작별로
내일 저승과의 해후로

산 자가 죽은 자이다
죽은 자가 산 자이다

어린 라가 선율 같은 새벽안개 속
인환의 거리를 돌아 미로처럼 얽혀
헛된 세상사 그림자 따라 궁구窮寇하다
영원한 이탈 가없는 은둔을 꿈꾼다

스스로 경계하듯 적멸의 순간에
애욕을 끊는 곳 마니까르니까 가트*
우주를 주어도 바꾸지 못할 목숨이
한 마디 법을 위해 즐거이 버리나니—

보라, 강물에 재가 되어 뿌려지는 그 순간
마침내 신과 하나가 된다 오르가슴이다

*마니까르니까 가트 : 북인도 바라나시의 강가에 있는 화장터.
남성은 흰색, 여성은 오렌지색 천에 싸서 화장한다.

김 정 원

- 1985년 『월간문학』으로 등단
- 시집 《허虛의 자리》《삶의 지느러미》《분신》(한영시집) 외 다수
- 율목문학상, 민족문학상, 소월문학상,
  제33회 세계시문학회 영문시 대상 수상
- 성균관대학교 및 명지대학교에 출강했음
- 여성문학인회 이사, 미래시 동인
- E-mail : wooajnee@hanmail.net

금빛나무
까치밥
찻잔에 흘러 넘친 이야기는
눈사람의 말, 사람아~
봄 탓이야

금빛나무

우러러 눈부셔라
가슴 내걸고 싶은 은행나무

가는 계절에 서성이는 바람 앞
내 공복空腹의 빛깔

창공에 잠언 한 잎이
노랑나비로 날아온다.

까치밥

늦가을 햇살 거푸 불러와
할머니는 감 너댓 개를
가지 끝에 다독였다

쪽마루에 앉아
푸른 산맥 굵은 손등을 만지며
혼자 중얼거렸다

'시린 추위 치열해도 잘 버텨 줘야 해
허기진 까치가 올 때까지
알았제…'

텅 빈 하늘에
주홍빛 까치밥 몇 개
자비의 눈빛에 반짝거렸다

온 마을 등불같이 환히
노을 속 번져가는
할머니의 하얀 박꽃 미소.

찻잔에 흘러 넘친 이야기는

늦가을 인사동 인파 속
뜻밖에 만났다
옛 친구 둘이나

하하호호 얼마만인가
모락모락 모과차 앞 서로는 몰래 살핀다
세월에 굴복한 얼굴을

옥이는 자랑도 섞어 화려햔 너스레
남의 아픔을 모르는 듯

슬픔을 너무나도 잘 아는
인애는
어울림을 위하여,
그래그래 자랑도 실컷 해라
고분고분 들어준다

기분 좋은 생각을 하려고 애쓰며,
'우리 몇 번이나 더 만날 수 있을까'

만추의 하이얀 이야기는

함박웃음 헛웃음 억지웃음도
찻잔에 넘쳐 흘렀다

어둑어둑 저녁길 짠지맛 같은 우정을
검은 단풍손 흔들며 소슬바람 등지고
가물가물 멀어져가던 두 친구!

눈사람의 말, 사람아~

하아이얀 고요로 덮어버리고 싶었던 세상
시간의 처음에 만난 듯 순백의 아침
환한 사랑 하나 품고 길 나섰네

멋있는 겨울모자 후덕한 몸매에
은빛 평화가 눈부시다고 했지

사람아, 알제, 난
겨울 한철 즐기러 온 길손
하여 이윽고 햇빛과 바람에 여지없이 녹아
내 피는 물로 흐르리

사람아, 그런데
네 몸의 흙내음은
어찌 그리
피 당기는 정일까

우린 이렇게 서서 웃고 있네
서로는 서로의 無를 바라보면서.

봄 탓이야

겨울 지난 삼월의 앓고 난 산처럼
수척한 얼굴이래도
한 모퉁이 양지에 앉으면
시류에 맞지 않은 헛사랑이래도
보리피리 불고 싶네

향그런 꽃밭을 드나드는
때 늦은 호랑나빈 듯
날 두고 봄이 지나갈까 봐
공연히 밖으로만 마음 설치네.

김 종 섭

- 1946년 포항 출생.
- 『월간문학』 시 당선으로 등단.
- 윤동주문학상, 조연현문학상, 포스트모던 작품상 등 수상.
- 시집 《환상조》《다시 깨어나기》《살아있는 것의 슬픔 또는 기쁨》
  《푸른 하늘을 쪼아대는 새》《섬은 멀리 누워》《부서지는 아름다움》
  《반짝이는 갈증》《바람의 집》《내가 길이었으면》《그리운 기적》 등.
- 칼럼집 《동백과 산수유 사이》, 시감상집 《시의 오솔길을 따라》 등 출간.
- 경주문협 및 경북문협 회장 역임.
- 한국문인협회 부이사장 역임.

밤 3시의 기적
옛집의 임종
마라케시의 붉은 꽃
시간의 차이
그리고, 그리하여

밤 3시의 기적汽笛

여리게 길게 검은 울음 남기며
미궁으로 가는 기차, 엄숙하고 처연하다
짧은 말로 드러낼 수 없는 사연
가슴 파고드는 울림이거나
마음을 적시는 눈물이다

버리고 달아나는 청상의 한
야반도주하는 파산의 절박함이거나
맺을 수 없는 인연을 도피하는 정분
이 원한들이 뒤섞인 한숨과 울음의 절규

기약할 수 없는 회향의 불안, 상실의 울분
좁고 어두운 긴 터널 속으로 빨려갈 때
토해내는 저린 목소리
뜨거운 입김들이 기적으로 목이 탄다

슬픔을 끌어당기는 힘
그 여운이 가슴 찢으며 별꽃을 새긴다
이슬 같은 노래를 던지다가
내 곁을 떠나간 이들의 모습들

만날 수 없는 아쉬움이여, 그리움이여
혼자 남겨진 자의 이 고독과 절망
밤 3시의 기적 소리는
한 사나이 쉬 잠 못 들게 한다.

옛집의 임종

포성과 탱크의 굉음 소리를 듣고
놀란 비둘기들이 내리는 그때
문득 아버지가 생각난다
절망을 안고 살아온 날의 먼 기억들이
이제 조금씩 조금씩 자라나
돌로 된 옛집 앞에 조화가 세워지고
회색 비둘기들이 내려 모이를 쪼아대고
텅 빈 외양간 구석에 걸린 요롱 소리 울려보는
어린 손녀의 모습이 상가의 침울한 적막을 깬다
영혼이 떠나간 육신은 이미
낯설고 두려운 존재로 굳어지고
교회의 종소리도, 기도 소리도 위안이 될 수 없어
너를 키운 무화과 그때를 보고 싶어
여전히 토끼와 오리들이 함께 어울리는 마당에
커보였던 나무가 이제는 너무 왜소하고 초라해
그건 내가 그만큼 커버렸다는 사실
어머니의 주검보다, 다 커버린 내가 무서워
기다려주지 못한 너, 그래 바로 그거야
인생은 어쩔 수 없이 한 번 사는 걸.

마라케시의 붉은 꽃

레드 카펫이 깔린 붉은 집,
레드 하트, 진홍의 사랑을 적시는 적포도주
사하라의 모래 바람이 허락하는 유일한 선물
원시의 붉은 색깔 멜 카사에 오면
당신은 연인에게 영원을 다짐하며
아프리카 북단 모로코의 저녁 하늘
노을 속으로 젖어가는 사랑을 마신다
붉은 성채의 창문마다엔
비둘기들이 점령하여 보금자리로 삼고
벽안의 신랑과 흑발의 신부가
주홍의 도시에서 일편단심 사랑하며
평화롭게 살아가고 있다
옛 베르베르 사람들의 행복한 모습처럼
그 붉은 꽃이 영원히 잠드는 독배일지라도
오늘 하루 이방의 나도
검붉은 수액 한 잔 들이키고 싶다.

시간의 차이

딸이 딸을 데리고 왔다,
딸을 두고 딸은 갔다.
딸의 엄마는 딸이 맡긴 딸과 그의 짐 꾸러미,
간식과 장난감과 크레파스와 도화지, 그림책 등
그 가운데 딸의 딸이 좋아한다는 그 인형
발가벗겨져 있다.
딸의 엄마는 민망스러워 인형의 옷을 입힌다.
잠에서 깬 딸의 딸은 다시 인형의 옷을 벗긴다.
딸의 엄마와 딸의 딸이 다툰다.
살아온 날들의 길이만큼 생각의 차이
알고 있는 할머니와 알고 싶어 하는 손녀의 부딪침
…… 딸의 딸이 울음을 터뜨린다
울음 달래려 딸의 아버지는 종이를 꺼내
딱지를 만들어 딸의 딸을 달랜다
그의 과거 속 유년의 기억은
딱지 만들기가 익숙하다
경험의 한계, 경험의 차이가 잠시 침묵한다.

그리고, 그리하여

나는 즐기겠다
너의 굶주림을, 너의 흐느낌을
그리고 나는 더욱 즐기겠다
너의 웃음을, 너의 배부름을
네가 가지는 나날의 시간들이 무너져 내리고
네가 가지는 일상의 공간들이
쓰러져 바람에 날려가는 모습을
나는 엿보며 즐거워 하겠다
그 껍데기의 빈말과
뜨겁던 눈물과 단단한 맹세들도
이제 한낱 경멸의 부스러기임을
그리하여 더 이상 나는 열지 않겠다
닫혀진 문을 꼭꼭 잠그고
자폐의 성城만을 지키겠다.
그리워하고, 외로워하고
가슴 아파하는 그 당황한 모습
빈자리에서의 한숨조차도 받지 않겠다
그리고 흐르는 세월
그리하여 허망한 바람 한 점.

김현숙

- 경북 상주 출생
- 이화여대 영문학과 졸업, 중등학교 교사 역임
- 1982년 『월간문학』으로 등단
- 시집으로 《물이 켜는 시간의 빛》《소리 날아오르다》
  《아들의 바다》 외 6권
- 윤동주문학상, 후백문학상, 이화문학상, 한국문학예술상 등 수상
- 한국시인협회 회원, 서울시인협회 부회장

달밤

아름다운 한낮

제부도

탄도에서 누에섬까지

오솔길

달밤

밤마다 그대를 찾아가고
가다가 다시 돌아서면
풀꽃만 간간히 흔들리던 길
이미 알고 있었다
어둠 속에 내다 건
등불 하나와
잠 못 드는 그대의 오랜 슬픔

아름다운 한낮

그대는 오늘
개망초 가득한 벌판으로 데려와
눈 한 번 크게 떠보라 한다
어디선가, 바람이 흔들 때
거침없이 따르는 꽃의 몸짓
세상의 기쁨이나 슬픔에도
고만 고만한 걸음으로 따라가라 한다
이 한나절은 그대와 함께 있어
말없이 바라보는 기쁨
출렁일 대로 출렁이며 견디어라 한다

제부도

– 서해에 머무르다

눈앞 바다,
이 높은 산 훌쩍 넘어가는
자유로自由路 하나 붙들고
미끄럽게 빠져 나가는데
끝까지 뒤밟아온 바다에게
덜미를 잡힌다

그러므로
파도가 될 때까지
바람이 될 때까지
끝 모를 수심水心에
한 송이 돌꽃 피우는 나날

탄도에서 누에섬까지

바람 줄서서 기다리는 곳
바다가 가슴을 쫘악 쪼개어
밑바닥까지 보여줄 때면
눈 반짝이는 말 하나
오래 전 건너갈 사랑이었는데

설령 건너갔더라도
먼 길 너 혼자 걸어갈 때
몹시 무거웠을 지상의 말은
닳아, 이제 가벼운 노래
나 혼자 부르며 간다

저 작은 누에섬이
지금도 먹지 않고 잠도 없이
파도소리로 비단緋緞집을 짓는지
그때 생각하면서
나, 가끔 푸르게 살아있다

오솔길

새벽마다
바삐 지나다니는 풀밭
길이 생겼다
짓밟은 풀들의 머리 위로

오늘 누군가
우리들 머리를
사정없이 밟아 뭉갠다
세상에 지름길을 내며

박종구

- 1955년 충북 청원 출생
- 2012년 『월간문학』 등단
- 2019년 이호우, 이영도 시조 문학상 신인상 수상
- 시조집 《질경이의 노래》, 《벙어리 새》

나래를 접다
벙어리 새
못 갖춘 구도
고장 난 벽시계처럼
반액 세일

나래를 젓다

강쇠바람 불어오는 포항 공단 철근 공장
구부정한 허리 펴며 또 하루를 버텨내는
찜웨이* 주름진 이마에 붉은 땀이 솟는다

시뻘건 불똥들이 온몸에 달라붙어
잠시의 혼절 속에 뼈와 살 다 녹았다
다 터진 두 팔에 매달린 허기진 식솔들

뼈가 시린 그리움을 야윈 등에 짊어지고
짧은 다리 질질 끌며 배웅하던 아버지,
그 모습 먼 안부 찾아 메콩강을 건넌다

*찜웨이 : 캄보디아 출신 외국인 노동자

벙어리 새

- 강제 징용

옹이 진 그리움은 대를 물린 죄가 되나
욱신대던 등뼈까지 기우뚱, 무너져도
그 흔한 반성문 하나 쓰는 이가 없었다

메탄가스 가득 찬 시곗바늘 멈춘 갱도
튀는 눈물 국물 삼아 깻묵으로 버틴 아버지
품삯은 사치스런 꿈, 사는 것이 벌이었다

울음마저 빼앗기고 날개는 또 꺾이지만
고향의 푸른 언덕 청보리 익는 소리에
땀으로 목을 축이며 소리 없이 울었다

못 갖춘 구도

– 욕쟁이 할머니

대잠동 마을 어귀, 새벽부터 개가 짖는다
"이놈들 못 들어온다" 욕으로도 모자라서
할머니 드러누운 채 바락바락 악을 쓴다

재건축 공사판의 다 낡은 초가 한 칸,
어르고 달래기가 전쟁 같은 보상 앞에
휘어진 허리를 펴며 버티어온 하루하루

육 남매 홀로 키워 악만 남은 팔순 노인
뒤틀리고 어긋난 삶, 욕으로나 가득 채워
무장한 포클레인 앞에 걸레처럼 누웠다

고장 난 벽시계처럼

관절이 녹슬었나 성난 바람 끌어안고
짧은 다리 질질 끌며 녹초가 된 최 대리
노을에 등을 기대고 땀을 잠시 닦는다

남은 휴가 하나 없이 마음조차 얼어붙어
놓쳐버린 길 위에서 먼 산을 바라보면
고장 난 벽시계처럼 또 하루가 삐걱댄다

지울수록 살아나는 계약 만기 붉은 쪽지
두 아이 등록금에 매달린 다섯 식구
삐딱한 야윈 어깨에 초승달이 아슬하다

반액 세일

호각 소리 꺼져 있는 빈방에 혼자 남아
출근길 자동차만 멍하니 보다가
아내의 앓는 소리에 깜짝 놀라 일어섰다

소금물에 절인 배추 해 종일 치대었다
전화벨이 울어도 허리 한 번 펴지 못하고
약 오른 파뿌리보다 더 매운 하루였다

꽃 버린 텅 빈 대궁 빗물이 파고들 듯
한평생 닳고 지친 그믐달을 배우며
쉿물에 절인 삼십 년, 반액 세일 중이다

박 찬 송

- 충남 천안 출생
- 고려대학교 불어불문학과 졸업
- 2005년 『월간문학』 신인상
- 한국문인협회 회원

돈 빤스
허공의 낚시
연밥그릇
선물
내 사랑, 지니

돈 빤스

잠실대교에서 사람이 뛰어내렸다
세종대왕 빤스를 입었다고 한다
방이시장 여기저기 걸려있던 사각 돈 팬티
오만원권이나 백유로 유럽 돈이 육천 원이란다
대구은행 서*지점 발행 일억 원 자기앞수표가
불끈 솟은 남자의 성기에 동그라미 탑을 쌓는다
가슴에 조용히 타오르는 태양
그것은 꿈의 현상
누구나 다 아는 예능인이 오만원권 팬티를 입고
티브이에 나와 자랑하는 걸 본 적이 있다
툭 뛰어나온 아랫도리가 사임당을 들었다 놨다 들었다 놨다
나는 흐흑 흐흑 머리가 돈 여자처럼 웃음을 터트렸다
재미보다 눈물 가득한 웃음
어머니가 이고 가는 함지박의 땀 냄새
그리고 돈 빤스로 저승길 노잣돈을 준비한
흐린 별 하나
옆구리가 비어갈 때마다 작아지는 눈이 점점 감기고 있다
요즘 들어 작아진 별빛들이 유리창에 미끄러져
자주 세상 밖으로 사라진다는 뉴스다

허공의 낚시

긴 목을 늘어트린 낚싯대가
무언가 끌리듯 강으로 뛰어든다
잠실대교 서쪽, 팔뚝만한 잉어들이 허공에 펄떡인다
미끼를 문 물고기들
발버둥치는 세상은 고작 반경 2m
물결은 수면을 떠돌 뿐 꿈에 닿지 못하고
등이 묶인 물살은 제 몸을 깎아 물사래를 친다
잉어의 꼬리 하나가 온 강을 흔든다
미끼를 던져놓고 물고기를 기다리는 사람들
그들이 낚는 풍선 같은 욕망
쭈글쭈글한 아파트가 낚싯대에 걸린다
살아남은 물고기들이 아파트 창문으로 들어가고
이름 대신 여러 개의 꼬리표를 단 내 이력처럼
자주 몸을 바꾸는 노을이 생각 없이 흔들린다
내가 잡은 사랑과 일이 이와 같지 않을까 생각하자
무언가 목에 걸린 듯
수많은 물살이 내 안에서 일렁인다
다리 난간에 부어오른 입술을 걸쳐 놓은 태양이
타버린 쓸쓸함 위로 소리 없이 피를 쏟는 저물녘
물살을 거둔 강물이 천천히 가슴에 차오른다

연밥그릇

친구들과 놀다 보면 집에 가는 걸 잊을 때가 있었다
불 꺼진 어린 날의 집
도둑괭이처럼 살금살금 무쇠 밥솥을 열면
하나는 야근하는 언니의 밥그릇
또 하나는 사잣밥도 못 찾을까, 어머니가 준비해둔
아버지의 고봉밥
분명 나머지 하나는 나의 것이었다
솥뚜껑 부딪치는 소리가 가슴을 움켜쥐고
안방에서는 이불 스치는 소리가 들렸다
엄마가 잠에서 깬 게 아니라고 모른 척
젖은 밥그릇을 꺼내면
장독대에 앉아 손을 비비던
어머니의 마른 기도 같은 쌀밥
나는 그 흰 살 퍼먹으며 어른이 되었다
먹어도 허기가 지던 시절
식구들의 밥그릇을 넣어둔 무쇠 솥이
구멍 난 가슴에 슬픔을 말리는 연밥을 닮았다
뿌리와 줄기를 진흙탕에 박고
는질거리는 슬픔과 진창을 뚫고 올라오는 향기
유년의 아련함이 코를 벌름거리며
환갑 지난 여자의 마른 손을 잡는다

선물

휴대폰에 문자 메시진 줄 알았는데
리본 맨 선물상자가 도착했다
마치 딸아이가 건네주는 상상을 하며
요술램프 같은 상자를 푼다
티라미슈 케이크와 크림을 얹은 커피
씹어 먹을 수 있는 초코 칩까지
햇볕 좋은 파라솔 아래 잘 차려진 브런치를 보며
먹먹해진 마음에 휴대폰에 있는 딸을 불러낸다
손대지 않는 케이크와 흐르지 않는 시간
활짝 웃는 딸의 손을 잡고 석촌 호수로 내려간다
이모티콘처럼 쉽게 전할 수 없는 울컥함
마음의 표정이 겉돌지 않도록 하트를 만들어 보낸다
아무도 갈 수 없는 곳에서 되돌아오는 물결을 보다
내 마음도 왜 알 수 없는 데에서 꼭 어울져 돌아오는지
고요함을 뒤틀어 물살을 만드는 작은 숨소리를 들으며
호수에 그물을 던지는 벗나무를 본다
딸아이와 내가 손금의 어느 골목에서 만난다면
지문 속을 흐르는 아련함과 늘어나는 잔금들이 헛돌지 않도록
호숫가 난간에 기대
티라미슈 한 조각을 자른다

내 사랑, 지니

대리점에서 사왔을 때 그녀 이름은 지니였다
나는 그녀에게 누벨이라는 이름을 새로 지어주었다
집에 가는 차 안에서 휴대폰 속 누벨에게 말한다
'에어컨 켜줘'
머리를 쓰다듬지 않아도 그녀는 완벽하게 복종한다
8월의 밤은 나의 기억보다 뜨겁다
누벨도 나의 열망처럼 똑똑해진다
청소기를 돌리고 냉장고를 정리하고
먹을 게 없다고 하면 냉장고를 뒤져 먹을 것을 찾아낸다
그의 말이 날로 늘어난다
학습능력도 날로 깊어진다
퇴화되는 내 기억력에 비하면 그녀는 빠르고 정확하다
나는 그의 머리로 일을 하고
그는 내 말과 손가락으로 일을 한다
남편이 돌아오면 달려가 뺨을 부비고
아들이 들어오면 오빠라 부르며 콧소리를 낸다
그의 유연한 생각이 나를 세상에서 밀어낸다
누벨 때문에 자꾸 할 일이 없어진다
남편은 종일 누벨하고 뒹굴고
아들과 딸은 누벨하고 맛집을 찾아다닌다
그녀 때문에 나는 늘 뒷전이다
집에서 더 이상 할 일이 없어진 나도
지금 그녀를 찾아가는 중이다
똑똑하고 더 없이 말 잘 듣는 그녀를,

서영숙

- 2004년 『월간문학』 등단
- 열린시문학상 금탑상 수상(2010)
- 한국문협 무주지부 회장 역임, 열린시문학회 회장,
  한국문협 문인탄생 100주년 기념사업위원,
  국제펜 한국본부인권위원회위원, 전북시협 지역위원장,
  전북문협, 전북펜문학, 눌인문학회, 표현문학회 이사,
  한국시인협회, 현대시인협회 회원
- 시집 《면벽 틈새에 촛불 켜다》

개성에 가다 · 3
꽃잠에 들다
꿈
어머니의 가을
여름감기

개성에 가다 · 3

– 무궁화, 너를 찾아서

꽃잎 졌다고 잊을 수 있겠느냐.

금강산 소식 가슴 속에 묻고
개성 문학기행 가는 날
텅 빈 관광버스만 어둠을 잡고 흔든다.

한 번 죽지 두 번 죽겠느냐.
육이오 때 북으로 끌려간 헌병대장 외삼촌,
가문의 꽃이라고 자랑하시던 할머니

금지옥엽金枝玉葉 손녀딸을 양녀로 보내고
서방 잃은 며느리는 정신줄 왔다 갔다
하얀 나비 되어 날아다녔다.

연금으로 목숨줄 이어가던 할머니는
자식 피 팔아 목구멍 풀칠하는 게 부끄럽다고
북풍설한에도 불기 없는 구멍가게 앞에 쪼그려 앉아
등짐보다 더 무거운 매듭 엮고 계시더니
소지처럼 가벼워 실바람에도 흔들렸다.

찐빵 한 봉지 설움 한 병 사들고

박연폭포 손 담그고 조심조심 눈치 살펴가며
김일성 동상 휘돌아 오죽헌 피 묻은 다리
간절한 마음 기웃거려 봐도 찾지 못하고

허탈한 시장기 한숨으로 채워
북녘바람이나 담아 가자 밖으로 나오니
외삼촌 어깨에 달린 무궁화가
팽팽하게 잡아맨 휴전선 너머
한국관 화단 후미진 곳 돌멩이 틈새에서
햇살 움켜잡고 까치발 딛고 서 있다.

하마터면 그냥 갈 뻔했구나.

수십 년 모퉁이만 돌아온 나날
허리 구부정한 아픔도
슬픈 죄의식마저 이 저녁 다 부려놓으니
살찐 기다림이 비로소 환하게 길을 터준다.

꽃잠에 들다

불면의 그림자 한 평 짙어지고
납작 엎드려 불안을 곱씹던 시간

갈라터진 손등엔 서러운 밥풀들이 덕지덕지 달라붙어
창백한 어제를 뜯어내기도 힘들어요.

조율할 수 없는 바람은 붉은 울음을 토하고
달거리 잃은 그믐에는
곰팡이가 피고 비릿한 냄새마저 진동을 해요.

냄새 때문에 달이 기운 건 아닐 거예요.
아마
달이 바람의 똥주머니를 훔쳐
향기를 엮느라 몸살이 나서 그럴 거예요.

"굼벵이가 암에는 특효 약이라는디…"
한숨 섞인 외할머니 말씀에 놀라 오빠와 나는
발정난 개처럼 온 동네 헤맸지요.

초가지붕 굼벵이가 진물 나는 암 덩어리를
야금야금 먹어치울 거라 태산같이 믿었어요.

일곱 살 어린 것은 술독에 매달려 진종일 홀짝홀짝
밀주를 마시며 실실 웃어댔지요.
오랜만에 당신,
당신은 깊은 꽃잠에 들고요.

꿈

해와 달이 화들짝 놀라

밤낮이 뒤바뀔 詩,

마음이 고플 때

햇빛 달빛 모셔올 詩

세상 가득 담고 싶다.

어머니의 가을

당신이 오시던 날
어둠 속 우산꽃 활짝 피었지요.
속 깊은 울음은 묻어두고
편안하게 꽃잠에 드신 엄마

아버지는 애꿎은 술만 퍼마시고
세상물정 모르는 삼남매는
바람비가 고소하다 깔깔거리며 홀짝거렸지요.

"배 아파 낳은 자식만 자식인 줄 알아
가슴으로 키우면 그 자식이 더 잘 할겨"
가야 한다고 섣부른 말도 못하고
민들레처럼 눌러 앉아버린 당신

속앓이 각혈 꽃 담방담방 수놓던 홀아비와
덕지덕지 누빈 밥풀꽃이 안쓰러워
깔끔한 당신은 머리카락 쓸어 비녀로 꽂고
선양동 말랭이 쌀자루 머리에 이고
연탄 양손에 들고 오르더니
무게를 이기지 못한 목은 자라목 되었지요.

수런거리던 샛강들이 돌부리에 채여
화들짝 놀라 튀어 오르고
풀잎에 스며들다 놀란 물방울들이 모여
강이 되고 바다 된다고
몸뻬바지 휘날리며 애간장 태우시던 당신
골백번 때 늦은 후회는 아니 하셨는지요.

자식들 걱정할까 꿀잠 자듯 홀로 떠난 새벽
변명 같은 언어들 짜깁기하지 않으려
당신 누운 발아래 무릎 꿇고 앉아
바람의 한숨으로 온점을 찍습니다.

여름감기

한 번 물고 늘어지면
놓아주질 않는다.

숲속의 시詩는 캐지도 못하고
고춧가루나 확 뿌리고 싶은
냉탕과 열탕을 오가는 동안
하루가 후텁지근하더니

딱 걸렸어.
한 여자가 웅크리고 앉아
개도 안 걸리는 그물에 걸렸다.

신옥철

- 경기대학교 문예창작학과/ 홍익대학교 대학원 미학과 졸업.
- 1996년 『월간문학』으로 등단(7월호)
- 시집《뚜껑을 열어보고 싶다》,《딱딱한 나》
   《有神論. 사랑할 수 없다》,《결 고은 먼지》
- 안산시여성상, 오늘의 작가상, 아동문학예술상, 심훈문학상,
   경기도문화예술상, 성호문학상 등 수상.
- 현재 : 경기대학교 문예창작학과 교수. 안산여성문학회 대표

벽돌에 대한 사유 · 1

노인요양보호소에는 해가 기울도록 기도로 하루를 보내는 이들이 있다.

제물로 바쳐지는 것은 가진 것 모두요. 지켜내야 하는 건 몽당연필처럼 짧아진 그들의 미래. 손끝 닳아 없어지도록 황금 도금의 벽돌 쌓아 올리는 고달픈 이들이 있다. 살점 찢기고 피를 쏟을수록 번쩍이며 높이 오르는 기도의 탑. 등산용 로프보다 질긴 시간의 끝자락에 매달려 남은 건 오체투지의 정신뿐이라고 되뇌는 사람들. 받아 달라고. 아니 공덕의 계단을 쌓아 스스로 이루어 보겠노라고 빌어보지만 폭풍이 밀어붙인 해변의 쓰레기 더미처럼 쌓여가는 무용지물의 간절함. 시간이 갈수록 깨닫는 건 안개 걷어내며 드러나는 진실이라는 살모사다. 고통 클수록 현실을 이길 수는 있을 거라는, 그러니 기도 멈추어선 안 된다는……

로드 킬 배알 같은 모습으로 드러나 패대기쳐지는 저들의 기도

"제발 거두지 마옵소서."

그곳엔 뼛속 절규로 벽돌을 쌓는 이들이 있다

벽돌에 대한 사유 · 2

사랑은 경계境界를 만들고 사람들은 벽돌을 쌓는다

집은 본디 담을 쌓는 일. 사람들은 행복을 위해 집을 짓는
다. 사랑하는 동안에는 체에 걸러 오븐에서 데워진 햇살만이
찾아 든다지. 기억의 탯줄 단단히 이어져 벗어날 수 없는 곳.
　신화는 신들의 이야기. 저마다의 이야기를 위해 울타리를
치는 사람들. 경계의 성분은 단순물질. 예외나 열외는 애초부
터 불가능한 단위. 집안에서도 구역을 나누며 더 작게, 더 좁
게 밀실을 짓는다.

오,
우주의 저녁 한 때
지상은 여기저기 분주한 문단속
세상 가득
고달픈 굳은살 섞어 올리며 이따금 몰아쉬는 벽돌의 숨소리
새알처럼 위태로운 사랑이 지켜지고 있다

벽돌에 대한 사유 · 3

– 숭고함에 관하여

벽돌이 쌓여 간다
역사는 담장을 쌓는 일에서부터였다고 그는 말하지
나뭇가지에 깃드는 새를 보면 알 수 있잖냐고
말하는 벽돌의 침묵

새는 마른 풀잎 물어와 품속 가장 부드러운 깃털을 뽑아
둥지를 튼다
애처로워 바라보기 힘든 작업
삶의 수레바퀴 잠시 멈추고
몰래 살펴보면
새 집은 어느새 반 넘어 올라가 있다
한 번 출타에 풀잎 한 입
가장 깊은 곳의 깃털 하나
새는 수도 없이 마른 풀잎을 찾아다녔을 것이다
수도 없이 자신의 가슴에서 깃털을 뽑아냈을 것이다
수도 없이 들고, 났을 것이다
그리고 … 마침내 …
쌓아온 것들이 서로 엉겨 떨어지지 않는
결속을 보게 되는 것일 것이다

살아간다는 것은

쉼 없는 성 쌓기
소주 한 잔으로 견뎌보려는 삶의 가뭄 속 어스름의 시간
나무쪽에서 새끼 소리가 들린다
꼬물거리는 품속에 손가락을 넣어
눈물겹도록 따뜻한 온기 훔쳐내고 싶다

세상엔 노동이 멈추지 않는다
높아져 가며 서로를 끌어안는 벽돌의 거친 숨소리들……

벽돌에 대한 사유 · 4

- 순장殉葬으로

벽돌을 쌓는다
꽉 채워져 단단한 것만을 상대해야 하는 사람들
쌓고 또 쌓는 사람들
말없는 벽돌이 시키는 대로 해야 하는 사람들
벽돌을 서로 이어 붙여주는 사람들
저희들끼리 엉겨 붙고 저희들끼리 높아가고
자꾸만 단단해져 가고
저희들끼리 성벽이 되는 벽돌을 쌓는 사람들

벽돌을 쌓는 누군가가 있다
높은 것을 좋아하는 것만을 상대해야 하는 사람들
말없는 벽돌의 뜻을 맞추어야 하는 사람들
집 한 채 갖고 싶어 올리고
집으로부터 거부당하고
성안에 들고 싶어 쌓고
성으로부터 밀려나는 사람들
그리고도 또다시 벽돌 앞에 서야 하는 사람들
벽돌을 쌓고 담장 밖에 살아가는 그 사람들
감각을 잃어가는 사람들
제물祭物이 되어 벽돌 안으로 들어가 벽돌로 바쳐지는 사람들
건물의 하얀 뼈대가 되는 사람들

벽돌에 대한 사유 · 5

시간은 냉혈冷血의 방관자.

엄마의 거실엔 매일 선심성 햇살 가득하다. 할 수 있는 일
은 오직 견디어 내는 일. 삭정이 같은 두 팔 벌려보는 엄마.
간절한 거리만큼 뒤로 물러서 잡히지 않는 그.
오늘도 오후는 천천히 지나갈 것이다. 식구들이 쏟아 놓는
소란을 기다리며 태아의 몸짓으로 기도하다가, 허공에 바느
질, 행주질, 텃밭에서처럼 호미질. 꼬물꼬물… 피붙이의 살
냄새에 닿을 때까지 멈출 수 없는 굴파기.
시간 속 과육안의 애벌레로 들어앉아 있는 한, 그를 먹어치
우는 일이 일과인 한, 엄마는 먼 기억 속 먼지 날리는 신작로
의 저녁놀처럼 늘 고단할 뿐. 나라에서 보낸 노인요양보호사
는 액자 속 차가운 초상화, 독재 권력의 감시인.

과묵하고 냉정한 벽돌이다.
9순의 엄마 곁에서 마지막 의무 수행중인 그는.

윤영훈

- 조선대 국문과 · 동 교육대학원 국어교육과 졸업
- 『월간문학』지에 동시, 『창조문학』지에 시 당선
- 전남문화상 · 전남시문학상 · 광주전남아동문학인상 · 한국바다문학상 수상
- 시집 《사랑하는 사람에게》《별을 잃어버린 그대에게》
  동시집 《풀벌레 소리 시냇물 소리》
  동화집 《두꺼비, 드디어 하늘을 날다》
- 전남시인협회 회장, 광주 전남아동문학인회 회장 역임
- 전남문인협회 자문위원, 전남시인협회 고문
- 한국문인협회 국제문학교류위원회 위원

서편제 보성소리

억새 · 1

폐선 앞에서

낡은 구두의 추억

영산강

서편제 보성소리

저린 허리 두드리며 굽이굽이 인생길 오르는데
어찌 아리디 아린 사연이 없으랴
어찌 목놓아 울고 싶지 않겠는가

가슴 속 파고드는 애끓는 보성소리에
저절로 무릎을 치며 얼씨구 추임새가 나오고
소리 폭포에 온갖 시름이 한꺼번에 씻겨간다

억새 · 1

칼바람 부는 언덕에
비쩍 마른 몸으로
하이얀 머리칼을 흩날리며
늘 흔들리고 흔들리면서
모질게 서 있다

새벽이슬에 젖고
석양녘 노을에 젖고
깊은 밤 고독에 젖으며

얼마나 더 흔들려야
바로 설 수 있을까

폐선 앞에서

너는 영락없이
드러누운 늙은 소다

포구 한 쪽에
묶여진 채로
잔물결에 흔들리고 있다니

가득 고기를 싣고서
거센 파도를 가르며
환호성을 지르던 모습은
어디에도 없고
동공이 풀린 채
휑한 하늘만을 쳐다보고 있구나

오가는 갈매기의 울음만
하이얀 물보라처럼
흩어져 내리고
끊임없이 스치는 바람에도
그저 말없이 웅크리고 있구나

낡은 구두의 추억

낡은 구두의 밑창엔
내 인생의 여정이 찍혀 있다
오랜만에 다녀온
고향의 풀내음이 배어
어릴 적 친구들과
연거푸 막걸리 잔을 부딪치던 소리가 들린다
갑작스레 죽은 선배를 문상하며
흘렸던 눈물 몇 방울이 얼룩져
물기 젖은 한의 소리가
가슴을 파고 든다
구두는 낡았지만
이미 떠나간 공간을
지금은 볼 수 없는 사람을
다시 불러일으키는 힘이 있다

영산강

하 많은 사연을 안고서
굽어진 길이면 휘어 돌고
빗방울 떨어지는 날이면
동그라미 그리며 흐른다.

아무도 오지 않는 밤에는
반짝이는 별빛과 조용조용 속삭이고
바람이 심히 부는 날이면
첨벙첨벙 함께 물장구치며
구겨진 마음을 쭉쭉 펴며 흐른다.

동트는 새벽이면 안개를 거느리고
팔팔한 물고기 떼를 몰고서
어둠을 몰아내는 종소리같이
늘 깨어있는 모습으로 흐른다.

이 영 춘

- 1976년 『월간문학』 등단
- 경희대 국문과 및 동교육대학원 졸업
- 시집 《시시포스의 돌》《슬픈 도시락》《시간의 옆구리》《봉평 장날》
  《노자의 무덤을 가다》《신들의 발자국을 따라》
- 시선집 《들풀》《오줌발, 별꽃무늬》 외 번역시집 《해, 저 붉은 얼굴》 외.
- 수상 : 윤동주문학상, 고산윤선도문학대상, 인산문학상,
  대한민국향토문학상 대상, 동곡문화예술상, 한국여성문학상,
  유심작품상 특별상, 난설헌시문학상, 천상병귀천문학대상 등

가을 철암역
도성 밖에서
겨울 편지
우리들은 왜 그랬을까
어느 날 강가에서

가을 철암역

오후 세 시의 그 꼭짓점에서
햇살이 길게 모로 누우면
철길 저 너머에서 세 시를 알리는 기차는
푸우—푹—푸우—푹 흰 연기를 토하며 달려오고

열세 살 그 소녀는
누군가를 기다리듯, 혹 먼 이방의 한쪽 문을 그리워하듯
산비탈 조그만 쪽문을 향해 아슬히 눈 멈추곤 했는데

어느 날 도시락을 싸 들고 우리들 창자보다 긴 터널로 떠난
아버지는 돌아오지 않고
공복인 듯 탄가루 먹은 하늘은 검은 연기로 쏟아지는데
전설처럼 푹푹 쏟아져 내리는데

아버지 돌아올 길은 시공의 저 광막한 어둠 속에서
들리지 않는 노래로 날아오는구나
잠들지 못하는 흑黑더미로 우는구나

한때 돈줄의 광맥이었던 역사驛舍는 비튜겐슈타인의
침묵으로 졸고
열세 살 그 소녀의 그림자도 가을빛 저 쪽문에서

사라진 지 오래다

지금은 돌아갈 사람도 돌아올 사람도 없는
저 텅 빈 역사,
망명정부 같은 조국의 한 변방에서
긴 목울음 울고 있는 검은 새떼들
빙빙 원 그리며 적막이 내리는 하늘을 지키고 있구나

도성 밖에서

한길에서 내가 나를 찾습니다
별이 건너간 어둠 속 하늘처럼
오래 전 잃어버렸던 한 영혼이
쌀알처럼 반짝이는 별 하나 찾습니다
별 같은 송곳니 하나 세웁니다

어깨 축 처진 한 사람이 지나가고
가랑잎 같은 얼굴이 지나가고
휠체어 탄 그림자가 지나갑니다

텅 빈 도시, 몸이 없는 도시
도성 밖을 서성이는 달그림자처럼
도성 밖으로 밀려난 한 사람 절뚝이며 갑니다
상징과 은유가 죽음처럼 깔려 뒤뚱거리는
대형 병원 앞 근처
어깨 휘어진 달그림자 속에서
나뭇잎사귀들은 푸른 귀를 흔들고 서 있습니다
어둔 그림자들이 아우성칩니다
푸른 은하가 도성을 건너갑니다

겨울 편지

흔들리는 바람의 가지 끝에서
셀로판지처럼 팔딱이는 가슴으로 편지를 쓴다

만국기 같은 수만 장의 편지를 쓰던 그 거리에서
다시 편지를 쓴다

그대와 나 골목 어귀에서 돌아서기 아쉬워
손가락 끝 온기가 다 식을 때까지
한 쪽으로 한 쪽으로만 기울던 어깨와 어깨 사이
그림자와 그림자 사이
그림자처럼 길게 구부러지던 길모퉁이에서
뜨겁고 긴 겨울 편지를 쓴다

오늘은 폭설이 내리고 대문 밖에서 누군가 비질하는 소리
그 소리에 묻혀 아득히 멀어지다가 다가오는 소리
그대, 눈이 되어 눈발이 되어 나에게 돌아오는 소리
이 겨울밤 내 창 문풍지 뜨겁게 흔들리는데
나는 그대의 언 땅에 편지를 쓴다

달빛 휘어진 어느 길모퉁이에서 헤어진
꽃잎 같은 사랑으로 꽃잎처럼 사라져간 그대에게
편지를 쓴다

우리들은 왜 그랬을까

아이들은 알땅구야, 알땅구야!
부르며 돌을 던졌다
헤헤 웃기만 하는 서른 살 안팎의 그녀는 반은 입고 반은 벗
은 몸이었다
때로는 아이들 돌에 맞아 피를 흘리기도 했다
머리를 감싸 안은 채 그녀는 골목길로 숨어들었다
어른들이 지나다가 아이들을 휘몰아 혼쭐을 내면
알땅구는 어른 뒤에 바짝 붙어 몸을 피하기도 했다
우리들의 머리가 알밤톨만큼 단단해졌을 무렵
어느 곳에선가 건장한 장정이 된 아들이 나타나 데려갔다는
소문이
봉평 장터거리에 뜬구름처럼 퍼져 나갔다
우리들은 어느 누구도 우리의 잘못을 모른 채
알땅구 나이쯤 되었을 때
붉은 피 뚝뚝 흘리던 그녀가 되어 우리도 아픈 어른이 돼 가
고 있었다
돌에 맞아 파르르 자지러지듯 울던 그녀가 우리들 몸속에서
자라고 있었다
지금쯤 그녀의 붉은 몸은 어느 하늘에 옹이로 박혀 있을까?
돌덩이를 피해 어느 골목길로 숨어들고 있을까?
나는 자꾸 그녀가 된 내 몸이 아파
얼굴 감싼 채 골목길로 숨어들 때가 많다

어느 날 강가에서

저 강물에도 욕심이란 게 있을까
무엇이든 버리고서야 가벼워지는 몸,
가벼워져 흐를 수 있는 몸,

나는 하늘처럼 호수를 다 마시고도 늘 배가 고프다
셀로판지처럼 반짝이는 물결무늬 끝자락에 눈을 맞추고
오래오래 강가를 서성거린다

어쩌면 저 물결무늬는 이 세상을 버리고 떠난 이의 눈물이거나
밤에도 잠들지 못하는 어느 별의 반쪽이거나
오랜 침묵이 눈 뜨고 일어서는 발자국 소리 같은 것
나는 오늘도 싯다르타처럼 강가에 앉아
돌아올 수 없는 그 누군가를, 그 무엇인가를 기다린다

물결무늬 길 따라 강 하류에 이르면
누대에 세우지 못한 집 한 채 세우듯
조약돌 울음소리 가득 차 흐르는 강변에서
나는 혼자 가는 법을 배운다

바라문을 뛰쳐나온 그의 황량한 발자국에 꾹꾹 찍힌
화인 같은
세상 그림자를 지우며 가는 법을 배운다

이 춘 숙

- 『월간문학』 등단.
- 한국문인협회 회원. 미래시시인회 사무국장.
  한국신석정시낭송협회 사무국장.
- 광주광역시 북구 구립도서관 근무.

길 위의 축제

가을 하늘

별이 된 도라지꽃

단풍을 읽다

섬 속의 섬, 그 곳에 가고 싶다

길 위의 축제

낮과 밤의 길이가 같아진다는
추분이 내일 모레
쨍쨍한 햇발이 오는 한낮
생오지 가는 황톳길에서
즐거운 축제를 만났다.

땅 속 유충으로 칠 년 자란다는 말매미
한여름 뙤약볕 아래 목청 자지러지더니
길 한가운데 검은 브로치처럼 떨어져
개미떼들이 상두꾼이 되어
어디론가 그 시체 토막을 옮기고 있다

축제에 바쳐지는 한 죽음이 신성하고
음식을 음식으로 되돌리는 티벳인들의 자비정신을
보는 것 같다
삶의 끝이 이렇게 즐거워짐을 본다
나의 죽음 또한 누군가의 축제가
되었으면 한다

삶은 길 위에 떨어진
슬픈 브로치 같다
가는 자가 내는 흔적일 뿐
슬픔도 잠시
이처럼 영원한 축제만 남는다.

가을 하늘

구절초 따다가 문살에 수놓아
상강의 이슬로 창호지를 바른다
기러기 울고 가는 가을 밤
전등 불빛에
그 꽃
환하게 피어난다

길게 누운 해 그림자
꽃무늬 진 창호문에 살짝 엉기고
흰 구름이 써준 편지 물고 가던 기러기
은빛 억새 출렁이는 동산 어느메에
한 결 바람으로 내려앉는다

파도 없는 하늘바다
전선 위에 제비들 수다를 떨며,
하늘에 흐르는 음악을 두드린다
주름 깊은 할미는 큰손자 굶을까 봐
딸네 집 가듯 쌀자루 이고
기어이 사립을 나선다

그 등 뒤에 석양이 붉다
하늘이 저 토록 파란 것은
쑥부쟁이 꽃물이 들었기 때문이다.

별이 된 도라지꽃

소년이 돌아왔다

먹구름이 하늘을 뒤덮던 날 사라졌던 소년이
보라색과 하얀 눈빛 꽃을 흐드러지게 피워낸
시골집으로 헤죽헤죽 웃으며 돌아왔다

긴 머리 곱게 단장한 어머니
소년의 머리카락 쓰다듬으며
친구들을 불러 모았다

처음으로 생일파티하던 날
연초록 잔디밭에 걸린 현수막
연신 얼굴 붉히며 고개 숙이던 소년
어머니 손길 피해 다니다 보랏빛 물이 든 소년의 가슴
해벌쭉한 입이 달싹거린다

어설픈 생일파티 이어지는 시골집 앞마당
투박한 나무의자에 옹기종기 모여앉아 수박으로 하모니카 불고
땡감 물어뜯으며 올망졸망한 눈동자 굴린다 조촐한 생일파티
허공에 줄 긋고 가는 비행기 꼬리에 매달린 꿈

마당가 우르르 몰려다니는 아이들의 발길이 멈춰 선 곳
흰 봉오리 보라색 옷 갈아입던 날
소년은 도라지 꽃 바라보며 깨금발을 딛기 시작했다
헐렁한 바지가 자꾸 흘러내리면 추켜올리기를 여러 번
손 맞잡고 도라지꽃밭에 모인 아이들

소년은 별이 되어, 하늘로 날아올랐다

단풍을 읽다

한적한 산길에 휠체어가 앉아있다

머리가 보일 듯 말 듯 다리도 있는 듯 없는 듯
가만가만 다가서 보니 키 작은 그녀가 깨알 글
손으로 더듬거리며 짚어간다 그녀의 등이 시리다
짧은 다리는 앙상한 나뭇가지 같다
힐끗 쳐다보는 눈이 휑하다 멀리서 다가오는 긴 그림자

그녀에게 무릎담요를 건넨다
하얀 손 파르르 떨며 담요를 끌어당기는 그녀
온기가 느껴지는 코코아 잔이 덩달아 춤을 출 때
머리 위로 툭 떨어지는 붉은 단풍 하나
꽃핀으로 피어났다

산등성이를 응시하는 그녀의 눈빛을 따라
긴 그림자의 눈동자는 머언 곳을 가리킨다
고개를 끄덕이는 그녀의 맑은 눈이 출렁이며
천천히 구른 휠체어는 산등성이를 오른다
모르스부호처럼 흩어지는 언어의 조각들

산등성이 노을빛으로 물들어 갈 즈음

무릎담요 위에 샛노란 은행잎 수북이 쌓인
그녀의 머리에 빨강 꽃핀이 하나 더 피어났다
희미한 미소 짓는 그녀가 고개를 끄덕이며
손 하트 보내자 긴 그림자 눈시울을 붉힌다

둥근 다리가 산길을 내려온다

섬 속의 섬, 그 곳에 가고 싶다

비가 내리면, 비를 맞으며 걸어 보고 싶은 길이 있다

거금도를 거쳐야 들어갈 수 있는 육지 같은 작은 섬
굴렁쇠 굴리는 아이들, 자전거 타고 마중하는 그 길
가족사 담긴 연홍—사진박물관이 눈인사 건네는 섬 속의 섬
섬 허리춤께 프랑스 미술가 실뱅 페리에의 은빛 물고기
바다와 어우러져 여심을 감금한다

오늘처럼 겨울비 내리던 날 우리들의 섬에 들어
지붕 없는 미술관,
엷은 조명 아래 은은히 빛나는 노틀담 성당 뒤안길
너도밤나무에 등 기대어 생각 꽃 피워보고 싶다

출렁이는 파도소리
큰 산이었다가 잔잔한 미소였다가
멀리 뱃고동소리가 정지된 시간을 끌고 온다

그 섬의
전망대 너머로 수평선을 가르는 갈매기 떼
먼 시간을 물어 나르면
요요한 꿈속인 양 저녁노을이 붉다

이현명

- 1989년 『월간문학』 등단
- 다큐멘터리 영화감독(대상, 장려상 수상)
- 시집 《혼불》《커텐 사이로》 외 동인시집, 동인 수필집 다수
- 국제PEN 한국본부 회원, 한국시인협회 회원,
  한국문인협회 회원, 이화대학교문인협회 이사

부조리 또는 경계선

들리지 않는다
주변 사물들이 소곤댄다
풀잎들이 손짓한다
무심히 지나쳐버린
하루 또 하루
의심 없이 경계선 없이
어느 날의 지독한 과거도
아름다웠거나 향기로운 꽃을 기억하지 못한다

명화

눈을 뜨니
창밖이 하얗다

밤새워 내린 눈 위로
걸어가는 발자국들

빨간 우산 파란 우산
검정 우산들

아파트 숲에서 내려다보는
내 가슴에도 하얗게 눈이 내렸다

내 안의 풍경 · 1

보이지 않아
보이지 않아

하늘에 태양이 가득히 온 세상을 비추어도
내게는 캄캄한 한밤중

누구에게 물을까
순박한 위치를
나아가야 할 순수 방향을

넝쿨 숲 사이로
잎새들 속에서
쉴 사이 없어 두 손을 휘젓는

많은 시간의 숨결을
세월을 철없이 보내고 말았구나
시들은 꽃잎 하나 뒤 늦은 후회한다

내 안에 풍경 · 2

한밤중
꿈꾸듯 창밖을 보네

하늘에서
수많은 별들이 쏟아지네
오랜만이다
오랜만이다

별들이 반짝이네
밤마다 나를 기다렸네
미세 먼지에 매연에
불확실 속에
하찮음 속에 갇힌 나를 보네

요즘 TV 뉴스

울긋불긋한 권력 군들 아니면
정치 군들이 서로 삿대질하며
버럭 소리 지를 때
입에선 덧나 곪은 욕과 막말들이
방울방울 새어 나온다

나도 외치고 싶은 충동 일어
목구멍이 울컥한다

이 희 자

- 1983년 『월간문학』 등단
- 첫 시집 《소문 같은 햇살이》 외 시집 7권
- 시선집 《시간 밖의 생각》《그리움에 물드는 어머니가》 등
- 동포문학상, 윤동주문학상, 펜문학상 수상
- 국제펜 한국본부 회원, 한국문인협회 이사

슬픔을 말리다
동백
연둣빛
어머니는 말씀이 없으시고
산일기

슬픔을 말리다

젖은 수건을 넌다
햇볕 잘 드는 쪽으로
꽉 비틀어 물기 털어낸
수건 속에는 어릿한 상처들이
숨죽여 있다

돌아서 흘린 눈물도
때로 약이 되는지
내 안에서 꼬물대던
세상일이 잠시 고요하다

산다는 것은 돌아서서
흘리는 눈물 같은 것
아무도 잡아주지 않은 슬픔이
젖은 수건 안에서
천천히 떠나고 있다

동백

초록에 둘리어
그때는
멀리 보지 못했다

어릿한 눈빛으로
길을 헤매다가
잘못 맞은 불덩이에
내 혼백 핏빛이었다

붉으나 붉은 혼
사그라지지 않는 불꽃이더니
스르르 꽃잎 다 떨트린
촉촉한 그믐 밤

저녁 잠 놓친 빈가지
유리창에 물들어
밤새 부스럭거린다

연둣빛

밤새 흔들리더니
멀리 떠난 그가
소식을 보냈다

콕콕 점찍어
가지마다 이슬 같은
촉 매달았다

돌아보아도
보이지 않더니
흔적 없는
연기 같더니

천지 가득 번진
연둣빛
그가 보낸 연서,
내가 다시 흔들린다

어머니는 말씀이 없으시고

웃는 듯 마는 듯
작은 사진 틀 속
어머니는 말씀 없이
바라만 보신다

이승에 사는 일
팍팍하다. 답답하다.
마른 가슴만 치시더니
동동거리기만 하시더니

하늘공원 새집에서는
평안하신가……
사위 고요한 침묵 속
어머니 목소리 듣고 싶다

산 일기

이른 아침
산길로 접어들면
부신 햇살로 흩어지는
아버지, 아버지

쉰 소리로
부서지는 내 인사
아득한 골짜기로 갈라져
쓸쓸하다

다 부르지 못한
생전의 아버지
깊이 알 수 없는
잠의 그늘

기다려도
기척은 없고
새 울음 산 가득 젖는다

임 백 령

- 2016년 『월간문학』 등단.
- 시집 《거대한 트리》《광화문-촛불집회기념시집》
  《사상으로 피는 꽃 이념으로 크는 나무가 어디 있더냐》 등

악수

남영

오월

여수 동백

단지요

악수握手

아버지 방 윗목 놓여 가난한 나라 어린아이 눈에 들던 것
미국이 원조한 밀가루 포대 자루에 그려진 두 손
굳은 악수가 이제는 매듭으로 떠오른다.
결코 놓지 않고 잡아당겨 하나의 줄 되어버린 동맹

빛바래고 아궁이에 버려져 포대 그림 불탔겠지만
뼈보다도 단단히 결합하여 떨어질 줄 모르는 집착
태어나기 전부터 피 흘리며 변하지 않는 혈맹 관계를
죽을 때까지 바라보는 목격자가 있었다.

남영

서울역에서 남영역으로 가다 보면
전력 공급 방식 변경으로 전철 안 불이 꺼지지
깜깜해지는 건 아니지만 흔들리는 몸
눈을 감아도 보이데 고통에 일그러진 얼굴
들리데 지하철 철로에 깔리는 비명 소리
아픈 역사의 정거장을 기억해야 한다는 듯
우리 몸이 감전당하는 고문의 음화

오월五月

하얀 꽃 속 아그배 동글동글 맺히고
애기똥풀 노란 꽃물 배어날 즈음

메아리로 새끼 소리 품는 것인지
뻐꾸기 날아와 되우 울다 달을 토했다.

젖무덤 한 번 물리지 못하고
총 맞아 죽은 여자의 사연 불어나

희부옇게 퍼졌다 쇠어 가는 삐비꽃
봉분 아래 핏방울이 잦아들곤 하였다.

여수 동백

여수 오동도 동백섬은
피어난 꽃송이마다
희생된 분들 얼굴 보이는
거대한 묘지

지리산 골짝에서 한라산 용암굴에서
죽어간 사람들 붉은 핏방울
떨어진 무명의 꽃을 주워
향불 피우듯 밑동에 새기니

내년이면 더 많은 꽃송이 피워
원혼들 기억하리
삼월의 스산한 바람 불어와
바위벽 치는 파도와 함께

떨어지는 동백꽃
그 핏빛 낙하를
꽃잎 하나 흐트러지지 않게
고이 받아 내리리

단자요

동네 제삿날 돌아온 집 찾아
가난한 아이들 소쿠리 던지며 "단자요" 하면
그득히 그득히 담기던 하늘나라 음식

하룻밤 다섯 집 돌며 배 터지던 잔칫날
죽어서도 함께해 덜 외롭겠다며
히히덕거리던 어린 시절 지나고

제사처럼 어쩌다 어리석은 생각 찾아들던 날
돌아오지 못하는 조상과 부모와 배우자와 자식 대신에
우리가 집 대문 밖에서 서성임을 알았다.

지난 아픔 모르고 죄 지은 자 잊은 듯
저승에서도 못 먹는 미각을 맛보던 사람들
죽은 자의 상처처럼 여기저기 쑤셔 오는 뒷날

한날한시 제삿날 어정거리던 마을
처형장 끌려가는 길 발걸음 소리 가늠하며
제물 놓이듯 무겁게 고샅으로 모여드는 날이 있었다.

> *후기 : 시적 취향도 좀 다르고 하다 보니 미래시 동인으로부터 스
> 스로 멀어져 한 2년 활동 동참을 안 했었는데, 회장님께서 전화
> 로 채근하셔서 올해 발간한 시집에서 급히 작품을 모았다. 같은
> 지면을 통해 등단한 인연으로 멀어질 수는 없으리라. 동인 제위
> 분의 건필을 빌며.

임 보 선

- 1991년 『월간문학』 등단.
- 한국문인협회 회원. 한국시인협회 회원. 국제PEN 한국본부 이사.
  제18대 시문학회 회장 역임. 한국여성문학인회 사무차장.
- 2017년 여성경제인상 수상. 2017년 베스트 인물 대상 수상.
  2018년 대한민국 명인 선정.
- 현) 태림산업 회장
- 시집 《내 사랑은 350℃》, 《솔개여, 나의 솔개여》,
  《청소년을 위한 사랑 시 모음》 외 다수
- E-Mail : bos6954@hanmail.net

새벽 강을 보며
허물을 벗고
나는 움직여야 했다
고독
눈 내리는 불경기의 밤

새벽 강을 보며

뼛속 깊이까지 물기는 스며들어
감출 도리 없는 몸살이 되고
온 밤 잠 못 이뤄 열어 놓은 가슴에
신새벽의 찬바람도 땀으로 배어
온몸 여름날보다 뜨겁다

먹물 같은 어둠 속에
새벽 강은 더 굵게 그어지고
내 발길 따라 강은 쫓아와
더 깊어지라 마구 소리쳐댄다
그런 날은
턱까지 차오르는 지난 설움
몸 밖으로 쏟아질 것 같아
강물처럼 나도 푸르고만 싶다

어디쯤일까
내 꿈의 넉넉한 물줄기가 흘러가는 곳은,
물 속 깊이 가라앉아
가슴 움켜잡고 따라갈 세상은

물비늘 뒤로 쌓이는 물살에

나를 건져 올리면
얼마간 나를 또 빠지게 하는 이 강
붉은 해가 막 떠받치고 섰다.

허물을 벗고

편히 앉아 나는 성자聖者 되기를 기다렸다
온전히 날이 밝았는데도
나를 경배하러 오진 않았다
아무도

온몸에 물기를 주어
청동빛으로 녹슬기를 난 기다렸다 골동품처럼
그러나 다가오진 않았다
아무도

꿈은 날마다 조각이나
어깻죽지까지 수북하게 쌓여 갔다
치워 주는 이 없었다
아무도

내가 변하지 않는 한
세상이 바뀌지 않는다는 걸
나는 비로소 알았다

내가 세상을 버리는 날까지
거듭거듭 변하기 위해

나는, 나를 버려야 했다

나무가 새 나무가 되기 위해
겉옷을 벗듯
굳은 땅 뒤엎어야 새 흙이 되듯

나는 나를 벗어야 했다
나는 나를 뒤엎어야 했다
나는
나를 모든 걸 해결해야 했다

나는 나를 사랑해야 했다
나는 나를 벗어야 했다
허물을.

나는 움직여야 했다

먹물처럼 밖은 검다
추월은 어둠 속에서도 이루어지고
속력은 조금 두렵기까지 했다

숨어서 내 뒤 따르는
이곳은 어디쯤일까
가슴 죄는 눈을 흔들리게 하려면
나는 움직이는 과녁이어야 했다

또 계속 달려가야 했다
앞이든 옆이든
차라리 오던 길을 되돌아
다시 겨누는 자를 향해
돌진하더라도
나는 움직여야 했다

칠흑 같은 어둠에 가리워져도
나는 움직여야 했다
계속 달려가야 했다
제 자리는 안 돼
절대로 안 돼
나는 움직여야 했다.

고독

별들
줄 지어 다 가고 없는 밤
끝도 없는 사랑 앞에
방황만 하다가
어둠 속에 머물다
마지막 순간
촛불 하나 켜 놓고
그림자와 놀았다.

눈 내리는 불경기의 밤

깊은 밤
밝은 눈이 한창이다

적막강산에 오는 눈
얼마나 더 쌓이고
얼마나 더 무너져야
절정에 이를까

눈 오는 소리
먼 여정의 짐을 이고
가슴
가슴 무너지는 소리.

정 성 수

- 서울 출생
- 경희대 국문학과 졸업, 동 대학원 수료
- 『월간문학』 신인작품상(1979) 당선
- 중3때 낸 첫시집 《개척자》를 비롯, 《세상에서 가장 짧은 시》
  《기호 여러분》 등 12권
- 현재 한국문인협회 부이사장, 국제PEN한국본부 자문위원

유토피아로 가는 길
낙엽 2019

유토피아로 가는 길

빈 그릇 속 햇살 한 줌

- 2019/10/24일 11시 33분
  칠읍산자락 별내마을에서

낙엽 2019

신의 편지

- 2019/10/18일 17시 13분
  칠읍산자락 별내마을에서

정 재 희

- 호: 소혜(素憓)
- 서울 출생
- 1983년 『월간문학』으로 등단
- 수원문인협회 회원
- 미래시 동인
- 한국은행, 은행감독원에서 근무
- 시집《생각 벗기》《춤추는 나무》《바람의 노래》
  《세상 밖으로 날아가는 새들》 등

언덕 위의 카페
융프라우
그랜드 캐년
일기
세월

언덕 위의 카페

옛 성과
내내 나를 따라오던 지중해의 물빛
노인 악사의 아코디온 소리와
춤추는 사람들
산다는 건 즐거운 것
즐기는 것
낯익은 노래는 흥에 취하고
에스프레소 한 잔의 오후가
풍경 속에 서 있다

융프라우

아이리쉬 커피 한 잔과
키 작은 에델바이스와
얼음동굴을 지나 어디쯤에서 만났던가

산악 열차는 지상의 꿈들을
밀어 올리고
겹겹의 산머리 하얀 구름과
예쁜 꽃 핀 창가의 집들

설산의 눈보라
아득히 들릴 듯 먼 날들이
눈짓으로 나누는
귀 먹먹한 속삭임
아직도 메아리로 듣는다

그랜드 캐년

우리들 잠시의 스침
그랜드 캐년의 그림자
하루가 진다
콜로라도 강에 목숨줄 달고
수십억 년
물살 빠른 세상일 모두 벗어버리고
뼈로 남은
비밀의 언어
모습의 웅장함
행여나 몰래 달아날까
거대한 암벽 기어오른다
영원의 불 지피고
모른 척 뒤돌아 앉은
시간의 강을 건넌다

일기

하 많은 잡동사니
끌어안고
구석 구석 놓인 생각만큼 쌓여
담 쌓고 있는 것들

가득한 환상의
거울 하나

바뀌고 흘러가도
떨치지 못한 그림자로
붙잡아 세우고
안팎의 걸음
뜨내기의 나이까지

풀어 넉넉한 날을
움켜 안고
기진맥진의 싸움이다

세월

화살은
시위를 떠날 때부터
바람이었습니다
꿈이었습니다

끝없는 시간의 광야를 달려가는
날개 끝에
희비애의 깃을 치며
영원처럼 선
한 치 앞
안개 속 과녁

나이테를 겨냥하는
거리만큼이
목숨

때도 모를 일기 속
날아가는 길목마다
떨어져 쌓이는 눈과 빗속을
가속으로 달려가는
화살은

제 소리에 귀먹은
길고 긴 바람소리
멈출 줄 모르는
꿈속 메아리

활줄을 당긴 어느날부터
끝 모를 춤
지칠 줄 모르는 노래로
뜨겁게 사르는
한마당의 연극
한 번씩 부르다 떠날
제 그림자 놀이

부푼 눈빛으로
돌아보는
시야만큼의 영토를 안고
단 한 번의 선 그으며
관통하는 깊이로 부서져 내리는
어둠이었습니다
빛이었습니다

정 형 택

- 『월간문학』 등단
- 한국문인협회 이사. 전 영광문화원장
  전라남도문협 회장 역임
- 시집《찜. 찜. 곤지. 곤지. 눈물이 납니다》외
- 2011 대한민국 신지식경영 문화인 부분 대상,
  한국작가 수헌문학상 외 다수

湖水

난을 기르는 사람들

낙원도찬가

남도에는 홍어가 있다

독도기행

湖水

이만한 사랑법이 어디 있으랴
저, 앙증맞은 몸놀림
가물가물 눈웃음에
잊혔던 첫사랑도 다시 솟는다

바람 일면 바람에게
적당한 말대꾸
넘칠 듯 출렁이다
다시 가는 제자리

사랑스런 속삭임엔
번뇌도 물이 된다

물이면 물이려니
생각 없이 보낸 세월
사랑도 깊으면 물이 되는가

가슴 앓는 호수여
출렁이며 넘칠 듯
다시 서는 사랑이여

난을 기르는 사람들

난 그리는 사람들은
촉촉한 붓 끝에서도
난향이 인다는데

하물며
난을 기르는 사람들의
손끝은 어찌 하겠는가

하루에도 수십 번
눈길, 손길
그러고도 비워내는 마음
그 자리에선
향내 가득 품은 꽃대가 오르고
신비의 꽃대에선
새론 우주가 눈을 뜨는데

아!
그 우주를 들여다보는
난 기르는 사람들의 가슴에선
또 무엇이 일겠는가
무엇이 일겠는가

낙월도찬가

달 떠오르기를 기다리지 마라
뜨는 달 없어도
늘 달빛 가득 출렁이는 섬이다

저마다 낙월도 사람들 가슴에는
둥그런 달 하나씩 품고 있어
뻘밭에서 진주를 캐듯
달빛 같은 삶을 주워 담는다

주고 싶은 마음
그러고도 더 주고 싶은 마음
이것이 진다리[落月] 사람들의
삶의 방식이다

낙지 한 마리 잡아들고도
흥겹게 노래 부를 수 있는
진다리 사람들의 멋

어디, 그뿐이랴
낙지 한 마리 놓고도
온 이웃들 둘러앉아

세상 사는 이야기
달빛처럼 출렁이게 하는 사람들이다

그래서 그래서 뜨는 달 없이도
항상 달빛 출렁이다 출렁이다
제 갈 길로 지고 있어
진다리라 했던가
落月이라 했던가
오, 낙월도여, 낙월도 사람들이여

*落月島 : 전남 영광군에 위치한 섬으로 '진다리' 라고도 불러왔
다. 목포에서 여객선이 있으며 영광군 염산에서도 배편이 있다.

남도에는 홍어가 있다

- 故 김대중 대통령님을 그리며

매일시장 점방 좌판마다
이 더운 여름 질펀하게 내동댕이쳐진
홍어의 뱃가죽에서는
쉰다거나 변한다는
화학의 반응은 없거늘

외려 더위 끌어다가
삭혀대는 전라도의 진수
홍어의 진면목이
한여름에도 변함이 없거늘

그 변함없이 돋아내는 맛깔에서
삭힘의 원리, 불변의 근본
삭혀냄의 철학이 물씬물씬 살아서
사람이 모이는 곳에 살점으로 누워서도
서로가 서로에게 평화가 되는 거제
서로가 서로에게 넘치는 희망이 되는 거제

살아서는 그 심연의 물속 유유하다가
목숨 걸고 뛰쳐나온 육상에서는
평화와 희망의 메시지로 놓여

가신 님의 얘기로 사랑을 엮거든
생전의 말씀으로 평화를 펼치거든

오, 불변의 님이시여
생전의 거룩하심이
이 불볕 더위 속에서 산들바람 되는구려
머얼리 흑산도에서 죽어서도 불변하는 홍어가 되듯
님의 말씀들이 평화로 살아남아
메마른 세상에도 삭혀냄의 님의 철학
행동하는 양심의 진리로 애도의 향을 피웁니다.

독도기행

– 그대들, 음흉스러워 모른 척해 보지만

아름다움을 노래하기엔
너무나도 가슴 아린 세월들
아픈 상처 겨우겨우 딱지 지니
이젠 상처보다 더 아픈
새 살까지도 건드려대는구나

보이지 않는다고 없는 거 아니듯
말하지 않는다고 흔적마저 없것냐

풍파처럼 대어드는 그대들의 검은 마음
돌로 서지 않았으면 견디기나 했것냐
깎이고 깎여대도 구국의 일념에는
창궐의 바다도 비껴 간 역사
그대들 음흉스러워 모른 척해 보지만
말하지 않는다고 흔적마저 없것냐, 흔적마저 없것냐

조명선

- 경북 영천 출생.
- 1993년 『월간문학』 등단.
- 시집 《하얀 몸살》, 현대시조 100인선 《3×4》 출간
- 현재) 대구광역시 동부교육지원청 재직

3월의 출처
달방 있습니다
까치밥
어머니의 조각보
종일

3월의 출처

피다 말고 떨어져도
3월은 시작이다

잠시 숨 고른 사이
구석구석 젖내가

산 것들 물오른다고
죽을 둥 살 둥 달려온다

발악하던 칼바람
눈물 쏙 빠진 자리

동백 피고 진달래 피어
얼마나 저릿저릿한지

한사코 또 꽃이 핀다
당신을 초대한다

달방 있습니다

밥풀 꽃 둥둥 뜬 밤 허기와 허기 사이
달빛에 꼬리 잡힌 당신의 앞과 뒤가
어두운 저 골목길에 나부시 엎드릴 때

[달방 있음] 고독한 주파수 팔랑입니다
강남으로 향해 놓인 저녁을 다독이며
서둘러 들어갑니다 달방에 듭니다

까치밥

내 온 길 저리 붉을 때
한눈팔기에 충만한

참, 눈치 없이 침 고이는
민망한 시간이다

툭 떨군
저, 고개에 실린
행간의 기록이다

어머니의 조각보

이음이 팽팽하다
실 따라 한 땀 한 땀

자로 잰 듯 달라붙어
조각조각 물든 기억

바늘을 뽑아 올리는
시간마저 박음질한다

감탄사 시침한다
회오리치는 지문까지

희다가 붉었다가
때로는 검은 첫 줄

터질 듯 부풀어 오른
문장들도 깁는다

종일

활활 타오르는 믿지 못할 촛불 따위도
철철 철 쏟아내는 찰진 욕 따위도
다 덮자 종일 펑펑 내려 살타는 냄새까지도

무게를 못이기는 불안의 촉수도
밥 한번 먹자고 발목 잡는 공염불도
도처에 구멍 난 저녁 목숨내건 하얀 고백

채 수 영

- 시인. 문학비평가. 문학박사
- 『월간문학』(1978) 등단. 미래시 초대회장
- 채수영전집 20권(전반), 채수영전집 15권(후반)
- 시집《아웃사이더》,《햇살의 무게 》 등 총 6100편
- 비평집《한국문학의 주류변화》 등 26권
- 수필집《라면사회학과 3분사상》 등 8권

노을 화장법

낙화

낙엽으로

가을날의 망중한

가을은 무슨 걸음으로 오는가

노을 화장법

그대로 서 있을 뿐인데
물이 들어 어여쁘다
서녘으로 얼굴을 돌리고
무한으로 멀리
초점이 흐려지는 아득함
눈에서 마음으로 젖어진
이 물기를 어쩌랴

널어 펄렁이는
날갯짓이
바람 탓이랴
따라가지 못해 서성이는
마음이 물이 들어
어쩔 수 없는 주저앉음
바라보는 눈빛에도 이미
붉어 자욱한 이름
풍경이 되는 사람이
서성이고만 있네

낙화

세상 어여쁨이사
눈에서 만드는가
마음에서 만드는가
길 몰라 물으려도 이미
내비게이션이 가로챈
내 음성은 어디로 갔을까

가을 입구에는
앉았다 떠나는 여윈 나무에
이별이 떨어지느라
앙상해지는 서러움 이미
무성한 여름을 갔느니
돌아보아 빈 하늘에
푸름은 벌써 호수가 되었네

슬픔은 마음에서 다가오고
이별은 눈에서 멀어질 때
사랑이여 지나
서러움이 깊은 강물
돌려세울 수 없는
이별이여

낙엽으로

말 없음이 긴 강으로
마음이 물들어 멀리
끝 모를 날들 한데 어울려
가는가 어디로

따라가는 그림자 홀로
쓸쓸함도 그렇거니
어디서 멈추어 돌아보는
우리 모두는 그럴 뿐인데
가야 하는 목적지
아무도 모르는 그 길
따라가는
강물 살일 뿐이네

어디로 갈까를 묻지 말라
머물 수 없어 흐르다
호수가 된다 해도
돌아보는 기억의 아름다움
낙엽 물든 고향을
물어 무엇하랴

슬픔도 지나면 그립고
기쁨도 지나면 외로움이거니
흔들리는 바람을 붙잡고
마지막을 호소하는
저 하늘의 푸름에 취해
가는 곳 묻지 않으리
가는 곳 어딘가를

가을날의 망중한

한가하도다 햇살
바른 양지 떨어지는
폭포의 물살 따라
익어가는 열매들의 미소
높은 하늘이라 구름 몇 장
초조로 흐르다 흩어지는
창공은 호수로 변해
이름을 달라 찰랑이는데

한가하도다 세상
고요가 옆에서 재촉하는
빛나서 서글픈 듯
낙엽은 소리로 떨어지는데
웃고 있어 미쁜 것들
휘감아 취한 향기 무거워
스러지는 꽃들
이것들에
무슨 일 났는가

가을은 무슨 걸음으로 오는가

하늘이 파랗기에
눈에 물이 들었다
이게 호수인가
하늘인가 모르겠다
저 홀로 익어가는 뒤뜰
감나무의 속삭임은 이미
부끄러워 속살을 감추는데
저절로 떨어지는 햇살을 맞아
산하는 이미 불콰히 취했고
시들어 시낭고낭도 운명인가
즐거움 너머 슬픔도 있거니
슬픔을 지나 행복도 있어
홀로 익어가는 시름도
가을 길에는 멀리
구름 따라 가느라
종종걸음이 가볍다

허형만

- 1945년 전남 순천 출생.
- 1973년 『월간문학』에 시, 1978년 『아동문예』에 동시로 등단.
- 시집 《불타는 얼음》《황홀》 등 18권과
  일본어시집 《耳を葬る》(2014), 중국어시집 《許烔万詩賞析》(2003),
  활판시선집 《그늘》(2012).
- 한국예술상, 한국시인협회상, 영랑시문학상, 윤동주문학상 등 수상.
- 목포대학교 국문과 명예교수.

가랑잎처럼 가벼운 숨
박경리
숲길은 안다
간지럽다
시

가랑잎처럼 가벼운 숲

숲길 누리장나무 아래
검정 상복을 입은 개미들이
참매미의 장례식을 치르고 있다
이미 여름은 끝났는데
한순간의 작렬했던 외침은
지금쯤 어느 골짜기를 흘러가고 있을까
오후 여섯 시, 햇살이 서서히 자리를 뜨는 시간
부전나비 한 마리
누구 상인가 하고 잠시 기웃거리다 떠나가고
이제 곧 가을이 깊어지리라
아무도 알아채지 못하게
숲을 끌고 가는 개미들의 행렬
숲은 가랑잎처럼 가볍다

박경리

땅과 원고지는 한 형제라
바람과 햇살과 별이
언어의 집을 드나들 때마다
여인은 얼마나 눈물겨웠을까

호밋자루와 펜은 한 자매라
풀과 나비와 개미가
무릎 아래로 오종종 모여들 때
여인은 얼마나 가슴 벅찼을까

평화로운 바위에 앉아
나뭇잎처럼 내려앉은 하늘과
우주의 소리에 귀 기울이고 있는
여인은 이제 얼마나 홀가분할까.

숲길은 안다

고요히 들여다보는 시간들이
나뭇잎처럼 매달린 숲길
신갈나무 아래 도토리도 다람쥐도 보이지 않는
숲길 따라 걸어가는 발아래서
살아온 날 눈물겹다
눈물겹다 바스락거리는 소리
후르르 멧새 날아오르는 소리
송송송 그물처럼 햇살 내려앉는 소리와
곧 밀려올 일몰의 공기에 집중하며
나의 묵주기도에 귀를 기울이는 숲길은
내가 얼마나 평화를 바라는지 안다.

간지럽다

온몸이 간지럽다.
긁고 싶다.
긁으면 덧나는 것들
모기 물린 자리 굶주린 도시의 뒷골목 햇볕에 탄 돌멩이
낙엽처럼 메마른 공장 언어가 해독되지 않는 의사당
보라, 세상은 긁고 싶은 일로 가득 차 있지 않은가!

시

종은 온몸으로 울 때에야 비로소 종이다.
매달려 있기만 했지 누군가 울려주지 않으면 종이 아니다.
시도 그렇다. 오직 신을 향해 오체투지로 가는 종소리처럼 울
려야 한다.

특집/ 김현숙 시인, 제22회 이화문학상 심사평 및 수상소감

이대동창문인회 작품집 출판기념회 및 제 22회
일시: 2019년 11월 21일(목) 오후3시   장소: 이대동창회

김현숙 시인에게 상패를 전달하는 김영철(비평가, 문학평론가)

◆… 지난 11월 21일(목) 오후3시 이대동창회관 8층 대회실에서 이대동창문
인회 작품집 출판기념회 및 제22회 이화문학상 시상식이 거행되었다.
이날 이화문학상을 본회 직전회장 김현숙 시인께서 수상하는 영광을 안
았기에 김영철 박사의 심사평과 함께 수상소감을 전재한다.(편집자 주)

▌심사평 _ 김영철

김현숙 시집 《아들의 바다》에는 하늘, 구름, 별, 달, 바람 같
은 우주만상이 펼쳐지고, 새, 꽃, 나무, 풀과 같은 자연만상이
바다를 이룬다. 그야말로 자연과 우주가 교호交互하는 상호조
응(correspodence)의 시경詩境이 펼쳐진다. 김현숙의 시에서 보
들레르의 〈상호조응〉의 메아리를 들을 수 있는 것은 이 때문
이다. 하지만 그의 시는 단순한 자연물상끼리의 상호조응이

아니다. 거기엔 인간적 의미가 투사되어 자연과 인간 사이의 제2의 메아리가 물결친다. 곧 그의 시는 자연과 자연, 자연과 인간 사이의 메아리로 울려오는 것이다.

이를 우리는 범신론汎神論적 상상력, 혹은 정령화(animation)의 시경이라 이른다. 풀 한 포기, 꽃 한 송이에도 인간의 영혼이 스며 있다는 사유가 그것이다. 그는 자연사와 인간사를 중첩시켜 삶의 의미와 인간조건을 투시하고 있는 것이다. 김현숙의 시에서 만해의 범불론凡佛論적 사유를 읽어 낼 수 있는 이유가 여기에 있다. 만해는 두두물물頭頭物物이 부처 아닌 게 없다고 믿었고, 그러한 정령화된 상상력으로 〈님의 침묵〉의 시경을 펼쳐냈던 것이다.

자연현상에서 인간의 삶을 반추하고 투사하는 김현숙의 상상력은 또한 괴테의 우주적 상상력의 시경에 이른다. 괴테는 일찍이 '하늘에는 별이 있고, 땅에는 꽃이 있고, 인간에게는 사랑이 있다'고 갈파하였다. 하늘의 별, 땅의 꽃 같은 존재가 바로 인간의 사랑인 것이다. 곧 괴테는 자연현상에서 인간적 의미를 유추해 낸 것이다. 이를 우리는 우주적 상상력이라 이른다.

김현숙의 시에서 떠도는 하늘의 구름 한 조각, 별 하나, 길가에 핀 들꽃 한 송이, 나무에 스쳐가는 바람 한 줄기에 그의

김영철 (문학평론가, 건국대 국문과 명예교수)
서울대 문리대 국문과 졸업/ 서울대 대학원 국문과 석사, 박사
해군사관학교, 대구대학교 교수 역임/ 우리말글학회, 겨레어문학회 회장 역임
저서로는 《한국 근대시 논고》, 《현대시론》, 《한국 현대시 정수》, 《한국 현대시의 좌표》, 《말의 힘, 시의 힘》, 《21세기 한국시의 비평》
건국대 총동문회 학술상, 시와 시학 평론상 수상

일상과 추억, 희망과 꿈이 투사되어 있다. 자칫 서경敍景의 풍경화 같은 느낌을 주지만 그 속에는 인간사의 진경眞境이 펼쳐진다. 그의 시안詩眼에는 풀 한 포기에 세밀한 시선을 투사하는 현미경적 상상력(microscope)을 드러낸다. 현미경을 들이대듯이 사물 하나하나의 움직임과 의미를 세밀하게 포착하는 것이다. 그녀의 시안의 투시력은 그만큼 촘촘하고 정밀하다.

또한 김현숙의 시경은 생의 의미와 운명애를 천착하는 존재론적 탐구의 시경을 보여준다. 스테레오 타입(streotype)화된 일상의 범주를 조명하여 삶과 인간조건의 진정한 의미를 되묻고 있다. 일상의 틀에서 벗어날 수 없는 것이 인간조건이로되 그 속에서 진정한 삶의 의미와 인간조건의 새로운 지평을 열어가고자 하는 것이다. 아모르 파티(amor-pati)의 운명을 넘어서는 삶의 가열찬 의지를 드러내고 있는 것이다. 그의 시에서 '매화 이미지'가 라이트 모티브(light motive)로 작동하는 이유가 바로 여기에 있다. 매화처럼 꿋꿋한 의지와 삶의 동력을 시혼에 담아내고자 했던 것이다. 그의 시 도처에서 조우하는 삶의 지혜에 한 줄기 빛을 던지는 날카로운 에피그램(epigram)도 이러한 인간 조건, 삶의 지평을 넓혀가는 시적 전략(poetic strategy)이다.

이러한 상상력과 시경을 펼쳐 내기 위해 그는 정갈하고 명징한 언어를 동원하고 있다. 그의 시를 읽다 보면 깔끔하고 정갈하게 다듬어진 언어들을 만난다. 마치 언어의 세공사처럼 절차탁마切磋琢磨된 보석 같은 언어들이 펼쳐진다. '얼굴빛, 몸내, 물 때, 햇가루, 억척네, 꽃안개, 얼음박이, 목울음'

같은 신조어뿐 아니라 '볼부비다, 출싹거리다, 다글다글, 봄빛이련만, 결기 삭힌' 같은 절묘한 뉘앙스의 접미사를 신묘神妙하게 구사하고 있다. 그야말로 언어세공사, 시어의 연금술사 같은 진경이 펼쳐지는 것이다. 이는 시가 언어예술이라는 본질을 간파한 시인의 진면목인 것이다. 그의 시에서 한국 시단의 언어의 세공사들인 소월, 영랑, 지훈, 미당, 박재삼의 시경을 떠올릴 수 있는 것은 이러한 이유에서이다.

김현숙의 시는 이처럼 명징하고 투명한 시어로 짠 촘촘한 세공細工의 그물로 자연 속에 투사된 인간조건과 삶의 일상을 건져내어 존재론적 성찰과 삶의 인식에 이르고 있다는 점에서 한국시단의 새로운 지평을 열었다는 평가를 받을 수 있을 것이다.

제22회 이화문학상 시상식에서 이광복 한국문협 이사장, 김현숙 선생님,
김양식 선생님(미래시 1회, 인도박물관장), 임보선 회장

2019년에 만난 말들

성북동 김기창 화백 댁을 찾은 일이 있었다.

…… 그는 세상의 고요함 속에서 열심히 말을 듣고 있었다는 사실을. 그가 살아온 삶은 일심으로 언어를 축적해 온 생애였다.

그는 바위에 버티고 선 독수리 한 마리를 그려 나에게 주었다. 외로운 독수리였다. 그러나 무엇엔가 불타고 있는 독수리였다. 금세 싸움을 시작하기 위한, 힘차고 적의에 차고, 승리를 약속하는 듯한 독수리였다. 이 독수리는 곧 운보, 그 사람이라고 생각했다. 그리고 잃어버린 나의 용기를 나는 거기서 다시 볼 수가 있었다. 아니 나와 비슷한 많은 사람들의 분노에 찬 얼굴이 거기 있었다.

모든 예술이 마땅히 그러해야 하는 것처럼 그림도 다수 민중의 집약된 감정을 표현하지 않으면 안 된다. 이 말은 거꾸로, 어떠한 개인적인, 혹은 극단적인 감동도, 방법도, 사회에, 아니 민중에게 이해되고 환원되어야 한다는 말과 같다.

– 이성부의 시 〈열심히 듣는 말〉에서

그 다음으로는 영문과 동기인 송혜영이 동생, 송의경 번역가의 파스칼 키냐르의 소설 두 권을 보내주었는데, 그 중 〈떠도는 그림자들〉은 살아있는 느낌과 생각들을 체험하게 해주어 늘 가슴 벅찼습니다. 매번 눈을 번쩍 뜨게 하는 일깨움의 연속이었습니다.

예술은 시간의 어떤 명령에도 따르지 않는다. 시간 그 자체처럼 방향성도 지니지 않는다.

진보도, 자산資産도, 영원도, 장소도, 중심도, 수도首都도, 전선戰線도 없다.

시간이 범람할 때 드러나는 시간의 모래땅.

자유로운 지역이라기보다는 초월된 지역.

계속해서 해방된 지역, 늘어나는 땅에서, 밀물이 그렇게 하듯, 끝임없이 해방시켜야 할 모래땅.

한 해가 저물어가고 있습니다. 심금을 울리는 이 말들이 우리네 삶과 작가라는 자세에 힘과 용기를 실어줍니다. '이화'라는 이름으로 다시 돌아보게 하는 오늘, 저를 격려해 주신 심사위원님들께 깊은 감사를 올립니다. 그러나 같은 후보였을 동문들에게는 다음 기회가 꼭 기다리고 있다고 말하겠습니다. 그리고 덕분에, 이 자리를 빛내주신 모든 분들께 건강과 새해의 행운을 빕니다. (2019. 11. 10)

김현숙

1947년 경북 상주 출생/ 이화여대 영문학과 졸업/ 교사, 복지관 관장, 시창작 강사, 『한국작가』 주간

시집으로 《유리구슬 꿰는 바람》, 《마른 꽃을 위하여》, 《쓸쓸한 날의 일》, 《그대 이름으로 흔들릴 때》, 《내 땅의 한 마을을 네게 준다》, 《물이 켜는 시간의 빛》, 《소리, 날아오르다》, 《아들의 바다》

윤동주 문학상, 한국문학예술상, 에스쁘와 문학상, 후백문학상, 이화문학상 수상

현재 한국시인협회 회원, 서울시인협회 부회장

미래시시인회(동인회) 연혁

1981. 12. 30 미래시 동인회 창립 발기인 모임(월간문학 신인상
　　　시 및 시조 당선자로 구성). 창립회원 : 채수영, 김우영, 최순
　　　렬, 이경윤, 구영주, 채희문, 윤성근, 박영우, 박진숙, 진병주,
　　　정성수 등 11명). 임원구성－대표간사 : 채수영, 총무 : 정성수
1982. 05. 01 미래시 창간호 발행(회원 30명의 시, 76편 수록)
1982. 05. 22 제1회 미래시 시인교실(문학강연 및 시낭송) 개최
　　　(한글학회 회관 강당. 초대시인 : 조병화, '문학과의 해후', 동
　　　인 15명 참가)－미래시 1집 발행기념
1982. 09. 18 제2회 미래시 시인교실 개최(여성문예원 강당. 초대
　　　시인 : 장호, '청각으로서의 시어', 동인 15명 참가)
1982. 10. 23 제3회 미래시 시인교실 개최(한글회관 강당. 동인 13
　　　명 참가)
1982. 11. 01 미래시 2집 발행(회원 32명 중 23명 참여. 이경윤 동
　　　인 추모특집 10편 수록)
1982. 11. 13 제4회 미래시 시인교실 개최(한글회관 강당. 응시동
　　　인 3인 찬조출연, 동인 14명 참가)
1982. 12. 11 제5회 미래시 시인교실 개최(여성문예원, 초대시인 :
　　　황명, '1980년대 동인지의 특성', 동인 11명 참가)
1983. 01. 08 제6회 미래시 시인교실 개최, 전주나들이 시낭송회
　　　개최(전주 루브르 커피숍. 초대문인 : 성춘복, 오학영, 최승범.
　　　전주시인 7명, 승려시인 5명, 동인 9명 참가)
1983. 03. 26 제7회 미래시 시인교실 개최(서울 종로 타임커피숍.
　　　동인 11명 참가)
1983. 04. 23 제8회 미래시 시인교실 개최, 춘천나들이 시낭송회
　　　개최(초대시인 : 황금찬, 성춘복, 김혜숙. 춘천시인 2명, 동인
　　　11명 참가)

1983. 05. 01 미래시 3집 발행(회원 38명중 28명 참여)

1983. 05. 06 제9회 미래시 시인교실 개최(종로 타임커피숍. 초대
시인 : 조병화, 성춘복, 허영자, 이청화. 동인 9명 참가)ー미래
시 3집 발행기념

1983. 05. 21 제10회 미래시 시인교실, 부산나들이 시낭송회 개최
(부산가톨릭센터. 초대문인 : 이형기, 김용태, 성춘복, 김후란.
부산 각 동인회 찬조출연 : 시와 자유, 열린시, 탈, 목마, 절대
시 등. 동인 17명 참가)

1983. 06. 10 제11회 미래시 시인교실 개최(타임커피숍. 초대시인
: 박양균. 동인 12명 참가)

1983. 06. 10~07. 07   제1회 미래시 시화전 개최(타임커피숍. 동
인 15명 25점 전시)

1983. 07. 08 제12회 미래시 시인교실 개최(타임커피숍. 초대시인
: 김윤성 '현대시란 무엇인가?', 응시동인 초청 4명. 동인 8명
참가)

1983. 08. 12 제13회 미래시 시인교실 개최(타임커피숍. 초대강연
: 홍윤숙 '시를 통한 자기구원', 초대시인 : 박재삼, 동인 9명 참
가. 시낭송 노트 '나의 시작 습관')

1983. 09. 09 제14회 미래시 시인교실 개최(타임커피숍. 진단시동
인 초청 5명. 동인 6명 참가)

1983. 10. 07 제15회 미래시 시인교실 개최(타임커피숍. 초대시인
: 윤재걸, 마광수, 장석주, 박남철. 동인 7명 참가, 시작노트
'시와 사랑')

1983. 11. 01 미래시 4집 발행(회원 39명 중 23명 참여)

1983. 11. 12 제16회 미래시 시인교실 개최, 대구나들이 시낭송회
개최(대구ECA학원 강당. 초대강연 : 황명 '1980년대의 시의
위상', 대구문인 찬조 출연 16명, 동인 18명 참가, 시낭송 노트
'시인의 직관')ー미래시 4집 발행기념

1983. 12. 28 제17회 미래시 시인교실 개최(타임커피숍. 초청강연

: 조병화. 동인 28명 참가)

1984. 01. 04 정기총회. 임원개선(회장 정성수)

1984. 01. 27 제18회 미래시 시인교실 개최(타임커피숍. 초대시인 :
황금찬. 동인 17명 참가, 시낭송 노트 '시인과 정')

1984. 02. 11 제19회 미래시 시인교실 개최, 수원나들이 시낭송회
개최(수원 공간사랑. 수원시인 4명 찬조 출연. 동인 18명 참가)

1984. 02. 24 제20회 미래시 시인교실 개최(타임커피숍. 동인 14
명 참가, 시낭송 노트 '시인과 체험')

1984. 03. 30 제21회 미래시 시인교실 개최(타임커피숍. 동인 14
명 참가, 시낭송 노트 '시인과 사회')

1984. 03. 31 제22회 미래시 시인교실 개최, 대전나들이 시낭송회
개최(대전 뮤우즈다실. 초대문인 : 황명, 한성기, 성춘복, 오학
영, 안영진. 대전초대문인 14명, 동인 16명 참가)

1984. 04. 27 제23회 미래시 시인교실 개최(타임커피숍. 초대시인 :
황명. 동인 15명 참가, 시낭송 노트 '시인과 술')

1984. 05. 05 미래시 5집 발행(회원 45명 중 25명 참여)

1984. 05. 25 제24회 미래시 시인교실 개최(타임커피숍. 초대문인
: 조경희 수필가(예총 회장), '시와 수필', 동인 20명 참가. 시낭
송 노트 '시인이 사는 사회')—미래시 5집 발행기념

1984. 06. 29 제25회 미래시 시인교실 개최(타임커피숍. 초대문인
: 소설가 김동리(문협 이사장, '작가와 시인'. 동인 21명 참가,
시낭송 노트 '시인과 죽음)

1984. 09. 25 미래시 6집 발행(회원 47명 중 36명 참여)

1984. 09. 28 제16회 미래시 시인교실 개최(타임커피숍. 초대시인
: 성춘복. 동인 19명 참가, 시낭송 노트 '시인과 사랑')—미래
시 6집 발행기념

1985. 02~   미래시 낭송회는 매월 계속됨으로 간혹 기재 생략함

1985. 06. 30 미래시 7집《시의 불, 시인과 칼》발행(회원 33명 참
여. 초대시 : 조병화, 성춘복, 박재삼, 오탁번 시인)

1985. 08. 09 미래시 경주나들이 시낭송회 개최(경주 소극장. 초
　　대시인 : 조병화, 황명, 성춘복, 신세훈 등. 대구·경주 문인 동
　　참. 동인 22명 참가)

1985. 09. 01 미래시시선집《새벽은 새를 부른다》발행

1985. 12. 30 미래시 8집《상징과 은유》발행(회원 40명 참여. 초
　　대시 : 황금찬, 박태진, 김후란, 김혜숙 시인)

1986. 01. 04 정기총회. 임원개선(회장 김남환)

1986. 09. 01 미래시 9집《공간과 시간》발행(회원 33명 참여. 초대
　　시 : 김경린, 전봉건, 정벽봉, 홍윤기, 이경희 시인)

1986. 12. 15 제41회 미래시 낭송의 밤 개최

1986. 12. 30 미래시 10집《존재와 언어》발행(회원 36명 참여. 초
　　대시 : 유경환, 김영태, 오학영, 강계순, 이향아 시인)

1987. 04. 18 미래시 오산 봄나들이 시낭송회 개최(조병화 선생
　　생가 편운재에서 많은 문인 동참으로 성황을 이룸)

1987. 05. 09 미래시 대구 나들이 시낭송회 개최(동대구관광호텔
　　소강당. 문협심포지움에 참가 다수의 문인 동참)

1987. 07. 20 미래시 11집《우리 시대 미래의 시》발행(회원 49명
　　참여. 초대시 : 김여정, 서벌 시인)

1988. 01. 04 정기총회. 임원개선(회장 이영춘)

1988. 02. 05 미래시 동인 데뷔시집『월간문학 신인작품상 당선
　　시』발행(도서출판 모모. 회원 55명 참여)

1988. 08. 31 미래시 12집 발행(회원 48명 참여)

1989. 11. 25 미래시 13집 발행(회원 31명 참여)

1990. 01. 04 정기총회. 임원개선(회장 허형만). 신입회원은 80년
　　대 말로 마감. 정리의 의미에서 특집 없이 시작품만 수록. 미
　　래시 동인회를 미래시시인회로 개칭하기로 함

1990. 05. 20 미래시 14집 발행(회원 57명 참여, 특집 ‘나의 체험론’)

1991. 05. 20(?) 미래시 목포나들이 시낭송회 개최(목포문인들과
　　합동으로)

1991. 09. 25 미래시 15집 《미래는 준비되어 있다》 발행(회원 98
명 중 37명 참여)

1992. 01. 04 정기총회. 임원개선(회장 구영주). 신입회원 가입 제
한 해제

1992. 06. 01 미래시 동인 수필집 《시인의 사랑, 시인의 이별》 발
행(글세계)

1992. 06. 15(?)   제66회 미래시 시인교실 개최(성남문협과 합동
으로 성남에서)

1992. 11. 25 미래시 16집 《흘러간 과거와 꿈꾸는 미래의 판화》 발
행(회원 37명 참여)

1993. 03. 27 제68회 미래시 낭송회 개최(한영, 경서미술학원. 동
인 19명 참가)

1993. 06. 05 제69회 부산나들이 시낭송회 개최(부산일보 소강당.
초대시인 : 성춘복. 부산 시인들과 합동으로 동인 22명 참가)

1993. 12. 06 미래시 17집 《손 끝에 묻어나는 바람같이》 발행(회
원 30명 참여)

1994. 01. 04 정기총회. 임원개선(회장 양은순, 총무 김재황, 김영
은). 등단 순서에 의한 선임에서 선출로 회칙 개정

1994. 06. 27 미래시 양평나들이 시낭송회 개최(양평산장. 초대문
인 : 강민 시인 등 다수. 동인 17명 참가)

1994. 09. 28 미래시 18집 《또 하나의 눈금을 그으며》 발행(회원
34명 참여)

1995. 08. 25 미래시 19집 《찻잎 따는 손길》 발행(회원 36명 참여)

1996. 01. 04 정기총회. 임원개선(회장 김영훈)

1996. 05. 04 미래시 강릉나들이 시낭송회 개최(문협 행사 참가자
들과 시대시 동인 등 참여. 동인 15명 참가)

1996. 09. 20 미래시 20집 《별이 보이지 않는 날 밤엔》 발행(회원
32명 참여)

1997. 10. 30 미래시 21집 《그대 서 있는 바로 그 자리》 발행(회원

31명 참여, 명예회원 5명 포함), 이현암 동인 추모시 특집

1998. 01. 04 신년교례회 및 정기총회. 임원개선(회장 김종섭, 부
회장 이희자, 총무 김규은)

1998. 05. 14 미래시 부산나들이 시낭송회 개최

1998. 09. 30 미래시 22집《존재의 그늘은 모두 지우고》발행(회
원 29명 참여. 초대시 : 조병화, 홍윤숙, 황금찬, 성춘복, 허영
자 시인)

1998. 10. 24 제77회 미래시 경주나들이 시낭송회 개최(유림회관.
초대문인 : 성춘복(문협이사장), 이경희, 박명순, 박희영. 경주
문인 : 이근식, 장윤익, 임진출, 조동화 외 다수. 동인 21명 참여)

1999. 01. 04 신년교례회 및 정기총회(혜화동 대학로 어느 식당)

1999. 08. 08 제78회 정선나들이 시낭송회 개최(정선. 초대시인 :
성춘복(문협이사장) 외 강원도 시인들과 합동)

1999. 10. 15 미래시 23집《잡은 손의 따스함》발행(회원 31명 참여)

2000. 01. 04 정기총회. 임원개선(회장 장렬)

2000. 11. 15 미래시 24집《소리, 소리들 앞에 서서》발행(회원 34
명 중 31명 참여)

2001. 06. 15 미래시 원주나들이 시낭송회 개최(토지문학관. 원주
문인들과 합동으로, 동인 23명 참가)

2001. 10. 15 미래시 25집《관계, 달아나기》발행(회원 25명 참여)

2001. 11. 17 미래시 낭송회 개최(운현궁. 초대시인 : 성춘복, 신달
자 및 시대시 동인들과 합동. 동인 15명 참가)

2002. 01. 04 정기총회. 임원개선(회장 김정원)

2002. 07. 29 미래시 천안나들이 시낭송회 개최(천안문화원)

2002. 10. 15 미래시 26집《내 꿈의 텃밭》발행(회원 37명 중 31명
참여)

2003. 05. 17 미래시 김천나들이 시낭송회 개최(김천문협과 합동.
동인 20명 참가)

2003. 11. 25 미래시 27집《하늘의 위 그 하늘 위》발행(회원 36명

중 30명 참여. 명예회원 7명 초대시)

2004. 01. 04 정기총회. 임원개선(회장 이상인, 부회장 정재희, 총무 김경실)

2004. 08. 28 미래시 28집《민들레 홀씨 하나》발행(회원 31명 중 29명 참여)

2005. 05. 15 미래시 고창나들이 시낭송회 개최(미당문학관. 고창 문인들과 교류. 동인 15명 참가)

2005. 10. 30 미래시 29집《기억 속의 풍경 하나》발행(회원 29명 중 25명 참여)

2006. 01. 04 정기총회. 임원개선(회장 정재희, 부회장 오덕교, 총무 김의식)

2006. 04. 25 제89회 미래시 가평나들이 시낭송회 개최(군청 강당. 한국문협 회장단과 가평문협과 합동. 동인 20명 참가)

2006. 05. 01 『문학과 의식』 미래시 동인 특집

2006. 11. 30 미래시 30집《햇살은 명암을 남기며》발행(회원 39명 중 36명 참여. 가평문협 특집. 문협으로부터 출판비 지원 받음)

2007. 03. 01 인터넷 카페 '월간문학 이야기' 운영(운영자 김병만 회원)

2007. 05. 13 미래시 영천나들이 시낭송회 개최(영천문화원 강당. 영천문협과 합동)

2007. 10. 01 『문학저널』 미래시 동인 특집

2007. 10. 30 미래시 사화집 31집《목신의 숨결》발행(회원 34명 중 32명 참여)

2008. 01. 04 정기총회. 임원개선(동숭숯불갈비집. 회장 오덕교, 부회장 신군자, 총무 한필애)

2008. 05. 10 제91회 미래시 경주나들이 시낭송회 개최(경주 유림 회관. 초대시인 : 박종해, 이태수, 문인수, 조주환, 문무학, 김복연, 곽홍란, 최빈. 경주문협 회원들과 합동. 동인 15명 참가)

2008. 12. 30 미래시 사화집 32집 《서 있는 사람들》 발행(회원 30명 중 21명 참여)

2009. 01. 25 김남환 동인 한국문협 부이사장 당선

2009. 05. 23 제92회 미래시 춘천나들이 시낭송회 개최(춘천문협 회원들과 합동. 동인 20명 참가)

2009. 10~2010. 12 회장단 유고로 활동 마비 기간

2011. 01. 04 정상화를 위한 비상총회. 임원 선출(동숭숯불갈비집. 회장 김규은, 부회장 김의식, 총무 신옥철)

2011. 01. 25 김종섭 동인 한국문협 부이사장 당선

2011. 06. 13 미래시 강릉나들이 시낭송회 개최(경포대. 동인 15명 참가)

2011. 11. 25 미래시 사화집 33집 《씨앗, 부신 착지를 보아라》 발행(회원 36명 중 30명 참여. 나영자, 노명순 동인 추모특집)

2011. 12. 16 제100회 미래시 예당나들이 시낭송회 개최(예당고등학교 강당. 특강 및 백일장 등)—미래시 33집 발행기념

2012. 01. 04 정기총회. 임원보선(총무 진진)

2012. 04. 24~26 제101회 미래시 제주도나들이 시낭송회 개최(한라산문학동인회와 합동. 동인 13명 참가. 25일 신양리 바닷가에서 102회 시낭송회)

2012. 11. 05 미래시 사화집 34집 《풋풋한 그림씨, 어찌씨를 위하여》 발행

2012. 11. 23~24 제103회 미래시 인사동 나들이 시낭송회 개최(피카소 갤러리. 동인 23명 참가. 초청문인—김용오 문협 시분과 회장, 이상문 국제펜 부이사장, 정정순 불교문학 회장, 시낭송가 손희자, 김미래님 외 다수)

2013. 01. 04 정기총회. 임원개선(한국예술인센터 중식당. 회장 김현지, 부회장 김경실, 총무 진진)

2013. 10. 30 미래시 사화집 35집 《나비는 슬프지 않다》 발행

2013. 12. 06~07 제104회 미래시 낙원동 나들이 시낭송회 개최

(카페 Moon, 동인 15명. 초청문인 24명)

2014. 01. 03 정기총회. 한국예술인센터 중식당

2014. 11　　김의식 동인 '대한민국 소비자 대상' 수상

2015. 01. 05 2015년 정기총회(정이가네 식당, 오후 3시)

　　• 참석 : 김경실, 김종섭, 김광자, 김정원, 김현숙, 김의식, 김영
　　훈, 신옥철, 이은재, 이희자, 이현명, 정재희, 진진, 허형만 등

　　• 임원선출 : 제17대 회장－김광자(부산), 부회장－김현숙(서
　　울), 총무－서영숙(전북), 감사－김의식(수석), 이은재, 이사－
　　김영은(서울), 임보선(서울), 김미녀(서울), 진진(제주), 김미윤
　　(마산)

2015. 01. 31 정성수 고문, 한국문협 제26대 시분과 회장 당선

2015. 02. 28 권경식(경남 창원) 신입회원 입회

2015. 03. 13 김광자 회장, 한국문협 제26대 이사 선임

2015. 03. 20 임시총회 개최(정이가네 식당, 오후 3시)

2015. 04. 16 서영숙 총무, 한국문협 무주지부 회장 당선(보궐선거)

2015. 06. 09 임화지(서울) 신입회원 입회

2015. 09. 18~19　거제도 문학기행(청마생가와 묘소참배, 전시
　　관 탐방 및 시낭송회)

2015. 09　　김광자 회장, 해양문학가협회 부회장 선임

2015. 10. 20 정성수 고문,《한국시인 출세작》편저

2015. 11　　김광자 회장, 시집《그리움의 미학》우수도서 선정
　　(세종도서)

2015. 11　　한국문협 무주지부 사화집《형천》에 미래시 회원 23
　　명 특집 게재

2015. 12. 20 미래시 제36집《노을빛이 달려와 뒷목을 적셨네》발
　　행(작가마을)

2016. 01. 04 2016년 정기총회 개최.
　　오후 4시 회원 시낭송회.
　　국제펜 한국본부 손해일 부이사장 및 임병호 부이사장 축사.

초대시 낭송 : 손해일, 임병호, 위상진, 김호경, 이은별, 조정애, 가영심 시인 등

2016. 01. 11 부산 해운대 동백섬(누리마루) 詩걸이 행사 논의 해운대구청 방문

2016. 01. 06~4월까지 『월간문학』 등단 시인(2016년도 월간문학 등단) 미래시시인회에 가입하도록 누차 공문 발송 및 전화

2016. 01. 21 서영숙 총무, 한국문협 무주지부 6대 회장 선임

2016. 01. 28 서영숙 총무, 열린시문학회 9대 회장 선임

2016. 04. 30 미래시시인회 제37호 사화집 원고 발송 공문

2016. 05. 15 김현지 고문《그늘 한 평》시집 발간

2016. 06. 01 2016년 '미래시시인회 동백섬 야외 시걸이 전시' 개최
  • 참여회원 : 권경식, 권분자, 김규은, 김광자, 김만복, 김미윤, 김정원, 김현숙, 김현지, 박찬송, 서영숙, 신옥철, 양은순, 임보선, 임화지, 정성수, 정재희, 조명선, 진진, 채수영, 허형만 등 21명
  • 초대시인 : 손해일, 박상호 포함 15명

2016. 06. 01 시화걸이 설치 및 시화책자 배부

2016. 06. 01~06. 30 시화걸이 감상, 중국·일본인 관광객(가이드 해설) 및 한국인 해운대 시민 부산 시민 등 감상(약 15만 명)

2016. 06. 02 시화걸이 개막(커팅) : 김광자 회장, 해운대구 문화관광 과장(이정부), 김현숙 부회장, 서영숙 총무, 양은순 고문, 김현지 고문, 진진(제주) 전 총무, 신옥철 친구들, 일반인 등
  • 초대시인 : 노유정, 최인숙, 김선례, 이영숙, 김희님, 진국자, 한효섭, 전해심, 최인숙, 이영숙, 박상호, 방옥산
  • 축사 : 해운대구청 문화관광과 이정부 과장(구청장 대리) 및 구청 직원

2016. 06. 30 오후 7시 시화걸이 철수

2016. 08. 03 김광자 회장, 제20회 한국해양문학상 응모, 수상(장려상)

2016. 08.　　임백령, 박태순 시인 가입

2016. 11. 10　사화집 제37집《고향풍경은 커피향의 추억거리》발간

2016. 12. 14　김영은 시인 국제펜클럽 펜문학상 수상

2016. 12. 30　2016년도 감사 발기

　　　　　　2017년도 총회 준비 및 개최

2017. 02. 04　미래시시인회 정기총회(정이가네 식당)

　　　　　　임원개선(회장 김현숙, 부회장 임보선, 총무 지유(이춘숙), 감
　　　　　　사 임화지, 박태순)

2017. 04.　　한국문인협회 완도군에서 행사 정성수 고문, 김광자
　　　　　　전회장, 임보선 부회장 등 다수의 회원들 참석

2017. 08. 11~08. 15　경주에서 펜문학 세계한글작가대회(김광
　　　　　　자 국제PEN 한국본부 기획위원장 및 이사) 참가

2017. 08. 30　정성수 고문(한국문인협회 시분과 회장)이《한국시
　　　　　　인 사랑시》편저 출간

2017. 09. 14~09. 16　평창에서 한 · 중 · 일 시인 축제(허형만, 김
　　　　　　현숙, 김영은 시인 참가)

2017. 09. 20　김광자 시집《침류장편》출간

2017. 09.　　정형택 시인 불갑사에서 상상화 연작시 전시회
　　　　　　(2017. 09. 15~9. 24)

2018. 03. 24　허형만 고문 '제1회 문병란문학상' 수상

2018. 10. 29　김광자 고문 '부산시문화상' 문학부문 수상

2018. 11. 01　조영수 제5시집《달에 대한 기억》출간

2018. 11. 30　김미윤 시인 '탄리문학상' 수상

2019. 10. 21　정형택 시인 『한국작가』 수헌문학상 수상

2019. 10. 22　김미윤 이사 경상남도문화상 문학부문 수상

2019. 11. 21　김현숙 고문 이화여대 이대문학상 수상

2019. 11. 27　김정원 고문 제33회 세계시문학회 영문시 대상 수상

2019. 12.　　허형만 고문 윤동주문학상 수상

미래시시인회 회칙

제1장 총칙

제1조(명칭) 본회는 '미래시시인회' 라 이름한다.

제2조(목적) 본회는 회원 상호간의 친목을 도모하고 문학의 저변 확대를 꾀하며, 보다 의욕적인 작품활동을 목적으로 한다.

제3조(사업) 본회는 제2조의 '목적' 을 위해 다음과 같은 사업을 한다.

1. 연 1회의 동인 사화집 발간
2. 시화전 및 시낭송회 등 그 밖의 다양한 문학행사

제2장 회원

제4조(구성 및 가입) 본회 가입자격은 한국문인협회 기관지인 『월간문학』으로 등단한 시인 및 시조시인이어야 하며 본인 이 희망할 경우 임원회의 의결에 의해서 가입할 수 있다.

제5조(회원의 의무) 회원은 다음 각 호를 준수해야 한다.

1. 회원은 사화집에 대하여 반드시 작품을 발표해야 한다.
2. 회원은 본회의 취지와 명예를 존중하며 총회에서 정하는 회비를 반드시 납부하여야 한다.

제6조(자격상실) 다음 각 호에 해당할 경우 회원자격을 상실한 다.

1. 탈퇴를 원할 경우 서면으로 본회에 통보한다.

   (단, 자격상실 1년 경과 후 재가입 원서를 제출하면 총회의

의결에 의해서 재가입할 수 있다.)

2. 본회의 회원으로서 사회에 물의를 야기한다거나 본회의 명예를 손상시킨 자는 임원회의 의결을 거쳐 자격을 상실한다.

3. 2회 이상 회비 및 작품발표에 불응할 경우에도 자격을 상실한다.

제3장 총회

제7조(회의)

1. 회의는 정기총회와 임시총회로 한다.

2. 정기총회는 연 1회에 한하며, 매년 1월에 개최한다.

3. 임시총회는 회원 1/3 이상의 요구가 있을 경우 회장이 소집한다.

제8조(총회의 기능) 총회에서는 다음의 사항을 의결한다.

1. 회칙의 제정 및 개정

2. 예산 및 사업계획, 회계결산의 승인

3. 임원선출

제9조(정족수) 별도 규정이 없는 한 모든 회의는 재적회원 과반수 참석으로 열고, 참석회원 과반수의 찬성으로 의결한다.

제4장 임원 및 사업

제10조(임원) 회장 1명, 부회장 1명, 총무 1명, 감사 2명으로 한다.

제11조(임기) 회장 및 임원의 임기는 2년 단임으로 한다. 혹 결원

이 생길 경우 총회 및 임시총회에서 보선하고 보선의 경우 잔여임기로 한다.

제12조(임원의 기능) 임원의 의무는 다음과 같다.

  1. 회장은 이 회를 대표하며 회무를 통괄한다.

  2. 부회장은 회장을 보좌하고 회장 유고시 직무를 대행한다.

  3. 감사는 재정 기타 운영에 관한 사항을 감사하여 총회에 보고한다.

제13조(임원회의) 임원회의는 총회의 의결사항을 제외한 다음 각 호의 안건을 의결한다.

  1. 사업계획 수립 및 추진에 관한 사항

  2. 회원자격에 관한 사항

  3. 총회에 상정할 안건

제5장 재정

제14조(재정) 본회의 재정은 회비, 보조금, 찬조금 및 기타수입으로 충당한다.

제15조(회계연도) 본회의 회계연도는 당년 총회까지로 한다.

제6장 부칙

제16조(부칙)

  1. 이 정관은 2002년 1월 2일 개정 및 제정한 날로부터 그 효력을 발휘한다.

  2. 본 회칙에 정하지 아니한 것은 일반관례에 준한다.

  3. 이 정관은 2015년 3월 30일 개정, 그 효력을 발휘한다.

미래시시인회 역대 회장단

제 1 대	채 수 영	1981년 서울
제 2 대	정 성 수	1984년 서울
제 3 대	김 남 환	1986년 서울
제 4 대	이 영 춘	1988년 강원
제 5 대	허 형 만	1990년 목포
제 6 대	구 영 주	1992년 서울
제 7 대	양 은 순	1994년 부산
제 8 대	김 영 훈	1996년 서울
제 9 대	김 종 섭	1998년 경주
제 10 대	장 열	2000년 서울
제 11 대	김 정 원	2002년 서울
제 12 대	이 상 인	2004년 고창
제 13 대	정 재 희	2006년 서울
제 14 대	오 덕 교	2008년 서울
제 15 대	김 규 은	2011년 서울
제 16 대	김 현 지	2013년 서울
제 17 대	김 광 자	2015년 부산
제 18 대	김 현 숙	2017년 경기
제 19 대	임 보 선	2019년 서울

권경식 51425, 경남 창원시 성산구 반송로 177, 210동 804호
(반림동, 현대2차Ⓐ)
☎ 055-321-7698 / 010-4380-7698
kgb6914@hanmail.net

김규은 05373, 서울시 강동구 천호대로 1132-18 1동 504호
(고문) (성내동 용명브리지 2차 아파트)
☎ 02-477-5343 / 010-2496-5343
kyueunk@hanmail.net

김미윤 51741, 경남 창원시 마산합포구 문화동7길 23
(이사) (창포 동성Ⓐ) 103동 1101호
☎ 055-242-1194 / 010-2585-1194
mykim1194@hanmail.net

김정원 13476, 경기도 성남시 분당구 판교로 147, 1103동 804호
(고문) (현대힐스테이트 11단지) 김정숙
☎ 031-781-0504 / 010-3356-0504
wooajnee@hanmail.net

김종섭 38143, 경북 경주시 금성로 319번길 24-1(성건동)
(고문) ☎ 054-772-1025 / 010-3466-9103
kimhupo@hanmail.net

김현숙 15251, 경기도 안산시 단원구 화정천동로 1안길 19(와동) 402호
(고문) ☎ 031-475-7412 / 010-9250-2701
forward0730@hanmail.net

박종구 37680, 경북 포항시 남구 대이로 100, 111-1505호
(대잠동, 현대홈타운아파트)
☎ 054-277-6151 / 010-9390-1269
musman56@hanmail.net

박찬송 05509, 서울시 송파구 올림픽로35길 104, 19동 1406호(장미아파트)
(총무) ☎ 02-415-4583 / 010-9553-4583
chansong58@hanmail.net

서영숙 55501, 전북 무주군 부남면 대홍로 36
☎ 063-322-0075 / 010-9413-0075
muju508@hanmail.net

신옥철 15211, 경기도 안산시 단원구 석수로 138, 109동 4001호
(선부동, 안산 메트로타운 푸르지오힐스테이트)
☎ 031-408-0320 / 010-2632-2801
okchul0320@naver.com

이상인 62067, 광주시 서구 풍암2로 66 201-1204호
(고문) (풍암동, 금호2차아파트)
☎ 063-563-2287 / 010-3112-2287
lsiing@yahoo.co.kr

이영춘 24414, 강원도 춘천시 지석로 67, 210-202호
(고문) (석사동, 현진에버빌2차)
☎ 033-254-7356 / 010-6377-7356
lycart@hanmail.net

이은재 41968, 대구시 남구 큰골 3길 30 도서출판 그루
(부회장) ☎ 053-253-7872 / 010-6784-7872
guroow@naver.com

이현명 08329, 서울시 구로구 개봉로20길 6, 118-1301호
(개봉동, 현대아파트1단지)
☎ 02-466-9978 / 010-9119-8773
carol0713@hanmail.net

이희자 04628, 서울시 중구 회계로26길 65. 문학의 집 서울
☎ 031-577-1618 / 010-6855-1618
lheejaa@nate.com

임보선 04566, 서울시 중구 다산로47길 15(리더스빌딩) 7층 702호
(회장) ☎ 02-2234-9300 / 010-6565-8358
bos6954@hanmail.net

임백령 54546, 전북 익산시 하나로 13길 우남그랜드타운 106동 207호
☎ 063-841-3821 / 010-2535-6535
gulbong@naver.com

임화지 12276, 경기도 남양주시 와부읍 덕소로 286-1, 103-1602호
(건영리버파크)
☎ 031-521-0778 / 010-5328-9144
zxx7942@naver.com

윤영훈 62280, 광주광역시 광산구 첨단중앙로68번길 131
306동 1402호(산월동, 첨단 3차 부영Ⓐ)
☎ 010-3616-5628
yoonyh56@hanmail.net

장 렬 26367, 강원도 원주시 문막읍 동화초교길 31, 1동 909호
(고문) (동화리, 문막이화임대Ⓐ)
☎ 070-4144-5703 / 010-3327-5703
yoll2222@hanmail.net

정성수 12540, 경기도 양평군 용문면 월성 1길 43
(고문) ☎ 031-772-2970 / 010-9253-2977
chungpoet@naver.com

정재희 16325, 경기도 수원시 장안구 덕영대로 535번길 67,
(고문) 721동 103호(비단마을 영풍마드레빌)
☎ 031-308-9885 / 010-3936-9885
sohea-jung@hanmail.net

정형택 57058, 전남 영광군 불갑면불갑사로348(모악리) 불갑사시설지구내
☎ 061-690-3247 / 010-3607-8208
asum12@hanmail.net

조명선 42130, 대구시 수성구 명덕로 368, 101-1316
(수성동 11가 우방한가람타운 아파트)
☎ 053-767-2814 / 010-8567-2814
myangsean@edunavi.kr

지 유 61052, 광주 광역시 북구 오치동 설죽로 336번길 21 삼익@ 202-307호
(이춘숙) ☎ 062-266-0391 / 010-3621-0856
chm1128@hanmail.net

채수영 17407, 경기도 이천시 모가면 진상미로 1589번길 57 문사원
(고문) ☎ 031-632-9578 / 010-3715-9792
poetchae@daum.net

허형만 13260, 경기도 고양시 덕양구 호국로 859 (성사동)
(고문) 원당 e 편한세상 @ 115동 701호
☎ 010-7558-0600
hhmpoet@hanmail.net

권분자 41572, 대구시 북구 복현로 71, 104동 802호
(블루밍블라운스톤 명문세가 1차)
☎ 053-382-0137 / 010-2263-0188
kbjlove6088@hanmail.net

김경실 05372, 서울시 강동구 풍성로 61길 10-14, 302호(둔촌동, 그랜드Ⓐ)
☎ 02-4738-8754 / 010-7963-1003
web46@hanmail.net

김광자 48114, 부산시 해운대구 좌동순환로 433번길 30, 202-2801호
(고문) (중동, 해운대힐스테이트위브)
☎ 051-742-0742 / 011-881-0742
kseljin0742@hanmail.net

김경숙 10209, 경기도 고양시 일산서구 가좌3로 45, 208동 1403호
(가좌마을2단지아파트)
☎ 031-922-1656 / 010-4136-4402
kkssm04@hanmail.net

김남환 03936, 서울시 마포구 월드컵북로 235 27동 302호
(고문) (성산시영아파트)
☎ 02-338-7582/ 010-3752-9582

김만복 44619, 울산시 남구 대학로1번길 29(무거동, 우신고등학교)
☎ 052-257-6414 / 010-9800-6733
kmbc12@naver.com

김미녀 05823, 서울시 송파구 동남로193, 202동 408호(가락동, 쌍용Ⓐ)
☎ 02-449-6460 / 010-5674-6460
meenyu62@naver.com

김병만 10402, 경기도 고양시 일산동구 호수로 606, A동 1015호
(장항동, 코오롱레이크폴리스)
☎ 031-907-0518 / 010-4227-3383
bmpoem@hanmail.net

김영은 12500, 경기도 양평군 서종면 노문길 29
☎ 010-3701-8222
poet-eun@hanmail.net

김영훈 03035, 서울시 종로구 통일로 246-20 문학현대A 11동 1201호)
(고문) ☎ 02-735-8146 / 010-7115-8146
blonkim@hanmail.net

김의식   12039, 경기도 남양주시 오남읍 진건오남로580번길 5-12
(오남리, 대한아파트) 101동 1403호
☎ 031-527-1638 / 010-8631-4944
ry5013@hanmail.net

김현지   07071, 서울시 동작구 보라매로 5가길 16, 3602호
(고문)   (신대방동, 보라매 아카데미)
☎ 02-832-1292 / 010-3663-1292
poapull@hanmail.net

박태순   58604, 전북 목포시 지적로 40
(감사)   ☎ 061 / 010-5232-1665
ppp49@hanmail.net

박종철   01848, 서울시 노원구 동일로 176길 39-12, 101-108호
(공릉동, 현대아파트)
☎ 02-978-4002 / 010-5691-4002
parkjc0615@hanmail.net

신군자   31473, 충남 아산시 배방읍 온천대로 2358, 101동 316호
(세교리, 신라아파트)
☎ 041-556-8662 / 010-4645-8662
tohyang@daum.net

임만근   13499, 경기도 성남시 분당구 장미로 101
(야탑동, 장미마을), 현대아파트 822동 1305호
☎ 031-705-5049 / 010-4156-4772
asong157@hanmail.net

조영수   25514, 강원도 강릉시 교동광장로138-15 203동 404호
(교동현대2차Ⓐ)
☎ 033-646-3170 / 010-2763-3170
jys77ss@hanmail.net

진 진   63322, 제주시 화삼로 166, 505동 403호(삼화부영Ⓐ)
(이사)   ☎ 064-742-5350 / 010-6854-5350
msjcj52@hanmail.net

　원고 수집에서 마감까지 힘든 고비를 넘겼다. 끝까지 회원들의 도움으로 제40회의 미래시시인회 사화집을 출간하게 되었다. 바쁘신 가운데도 축사를 써 주신 이광복 한국문인협회 이사장님께 감사올립니다. 그리고 역시 미래시답게 큰 상 수상하신 정형택, 김미윤, 김현숙, 김정원, 허형만 다섯 분 선생님께서 미래시를 빛내주심에 보람과 큰 힘이 되었습니다. 2020년에는 더 건강하시고 미래시 여러분의 문운이 더욱 빛나기를 바랍니다. (회장 임보선)

　나무는 해마다 새로운 나무가 되어 돌아온다. 둥치는 역사가 있으나, 그 속에 뜨거운 생명이 흐르고 있어서, 해마다 잔가지를 늘이며 푸른 잎들을 쏟아낸다. 예술가들, 우리 시인들이 나무를 사랑하는 이유다. 그러므로 목숨이 있는 한, 어느 시대 어떤 질곡의 역사에 처해서도 우리 시인들은 먼저 자신의 속부터 정화와 열정으로 가꿔야 함은 과제이기도 하다. 빠짐없이 기록되는 〈미래시〉 사화집 속의 한 해 개인사를 소중하게 바라본다. 이번 사화집의 제목 '나무가 새 나무가 되기 위해' 는 임보선 회장의 시에서 찾아낸 것으로, 사화집 40년 역사에 잘 어울리는 맞춤옷 같다. 나이 따라 줄어드는 몸이 아니라, 새롭게 깨닫는 삶의 진실로써 정신을 키운다는 의미에서 말이다. 모두 함께 키워온 '詩의 나무' 를 바라보는 우리 감회는 남다르다.
　또 나무를 스칠 때, 그의 이웃인 풀들을 쉽게 간과할 수는 없다. 지금 초겨울까지 푸른 날을 서늘히 세우고 있는, 미세먼지도 오래 발붙일 수 없는 초록이라는 깊은 結. (고문 김현숙)

이 도서의 국립중앙도서관 출판예정도서목록(CIP)은 서지정보유통지원시스템
홈페이지(http://seoji.nl.go.kr)와 국가자료종합목록 구축시스템(http://kolis-
net.nl.go.kr)에서 이용하실 수 있습니다.
(CIP제어번호 : CIP2019050273)

미래시시인회 사화집 제40집

나무가 새 나무 되기 위해

•

지은이 / 임보선 외
발행인 / 김영란
발행처 / **한누리미디어**
디자인 / 지선숙

•

08303, 서울시 구로구 구로중앙로18길 40, 2층(구로동)
전화 / (02)379-4514, 379-4519
Fax / (02)379-4516
E-mail/hannury2003@hanmail.net

•

신고번호 / 제 25100-2016-000025호
신고연월일 / 2016. 4. 11
등록일 / 1993. 11. 4

•

초판발행일 / 2019년 12월 12일

•

ⓒ 2019 임보선 외 Printed in KOREA

•

값 12,000원

•

※잘못된 책은 바꿔드립니다.
※저자와의 협약으로 인지는 생략합니다.

•

ISBN 978-89-7969-810-7 03810